像飞鸟
向往群山一样
爱你

沈嘉柯 罗小茗 著

北京时代华文书局

序言 爱的不朽

沈嘉柯

我年少的时候，十七八岁，热衷于写国内外时事、社会评论、杂文、文化随笔，从《南方周末》到《光明日报》《检察日报》，我发表了很多篇文章，天天关心宏大的主题和社会热点新闻。因此，我特别瞧不上爱情小说，觉得爱情小说是不入流的小情小调，没什么意思。

后来大学毕业，我去了一家心理杂志社工作，机缘巧合下，读了隔壁座位的同事写的爱情小说，意外得很，我被感动得一塌糊涂。啊，真香！

原来好的文学，边界如此广阔。于是，我也开始兼顾着写爱情小说了。一开始写得很稚嫩，难以抓住那些幽微的心思、莫名的细节。后来开窍了，意会明白。

爱情当中，有人性最难掩饰遮蔽的那一部分。

文学是人学。

那人学又是什么？我觉得是人在世界上，跟别人相处中所展露的种种幽微的人性。其中很大一部分就是爱情。

人，不管在什么阶段，都有爱的需求。小小年纪，向往甜蜜，渴望爱情会诞生。白发苍苍，垂老暮年，照样会渴求爱。爱看起来很简单，实际却很复杂。年少时候认为的爱情，与现实的爱情的面具不一。爱情的玄妙之处在于，很多人终其一生都未必遇到爱情、发生爱情，最后只能找人搭伙过日子。也有人少年初见，便倾慕钟情，情不知所起，一往而深，乃至癫狂、刻骨铭心。

有缄默的爱，也有活泼的爱。

有卑劣的爱，也有高尚的爱。

所以爱情这个主题永恒迷人。对作家来说，笔下的故事个个都有现实的投射，它们寄托着我们对于理想的爱情的看法和渴求。

在这一点上，张爱玲作为作家是很坦诚、直白的，她曾说过："一个人在恋爱时最能表现出天性中崇高的品质。这就是为什么爱情小说永远受人欢迎——不论古今中外都一样。"

导演刘镇伟也说过类似的话劝周星驰，大意是："只有演爱情故事，才有可能成为大师。老是演无厘头的电影，只能是个搞笑明星。"于是，周星驰接拍了他的《大话西游》。

这就是因为爱是不朽的。

爱情，就是无论你怎么做都是错；无论你怎么努力，它都会跟着时间变、跟着人变。幸福了，会无聊；激情了，会平淡；失去了，会惦记；得到了，会厌倦。人的心就是这么怪。所以，爱情这件事永远迷人、永远颠倒众生。

爱情，也是我们一生中最做作、最真诚的事情之一。

因为做作，我们死去活来，作得剥离皮肤、血肉、骨骼，只剩一颗心，我们现出原形，我们看到了自己赤裸裸的灵魂，袒露一切，又抵达真诚。

小说是虚构的，但细节都是真的，总有人做过那些缠绵悱恻的事，有过悲欢离合、顿悟与觉醒，所以才值得被写出来。

有一天晚上，我写了一则短篇小说。原本是一段轻快的爱情，但因为写作过程中发生了一点小插曲，我的心情随之改变，带着一点恼怒写完了故事，故事中的人物结局就被我写得特惨，情节也随之发生变化。这正是写短篇小说的乐趣之一，心随意动。作家本人也无法违背这种情绪的改变。

爱情是一种困惑，是一座庞大的迷宫，是一种难以言喻的人间孤独。

与其说要大言不惭地教会读者怎么爱，不如说，我要把我洞悉的那些爱情花样、内在谬误的那层朦朦胧胧的面纱揭起，让你看清楚。我旁敲侧击，我用霹雳手段，也用温柔慈悲。

所以，希望这些关于爱的故事，使你有所体察、有所醒悟、有所收获。

放下那些你所固有的偏执，你的心才会柔软、才会知晓你本来的需求，而不是被扭曲了的不切实际的需求。

愿我的喜怒哀乐，成为你的药引子。

愿每一个故事，令你感受到静谧和温暖。

愿你历经百转千回，依然能返璞归真。

是为序。

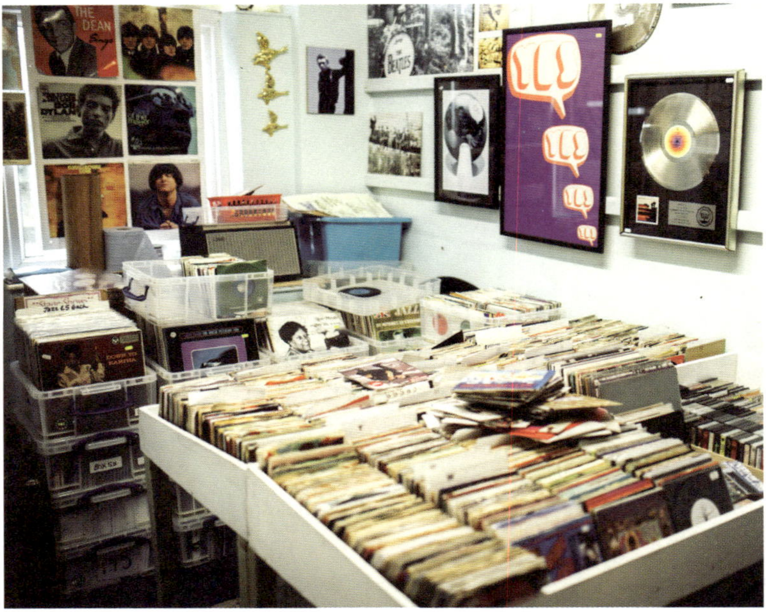
THE DEAN

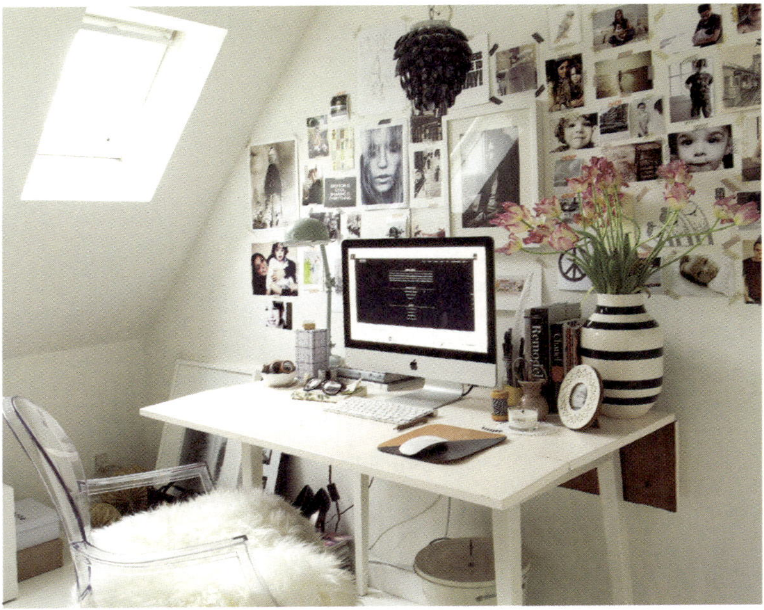
Remodel

目录
CONTENTS

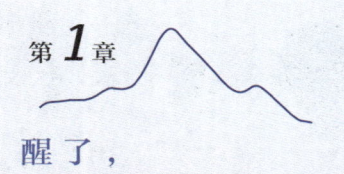

第 1 章
醒了，原来我们依旧相爱

静静地听，他求爱的低语 /002

我不能选择更好的，是那最好的选择我 /010

说不出的喜欢，是为了曾经那小小的求助 /016

她啊，不要在游戏中找寻 /023

让灵魂留在原点，向上面书写"我爱你" /035

牛肉给了火锅滋味，但忘了萝卜的回甘 /044

白刃保护暗恋的心，也伪装了自己的懵懂 /052

偷偷望一眼背影，游离于回忆之后 /061

第 2 章

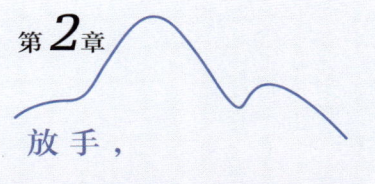

放手，
一定是那爱哭的乌云

"传奇"想在理智中重获童年 /078

大概是善良的救赎，让我偷走他 /084

给房子贴上广告，约个日子交替时空 /094

他说挪威有极光，我说群星在天上 /110

原来，花瓣得不到花的美丽 /122

小小的坚强留给自己，大的坚强送给队伍 /135

像优惠券那样攒足耐心，倾听当年的回声 /140

第 3 章

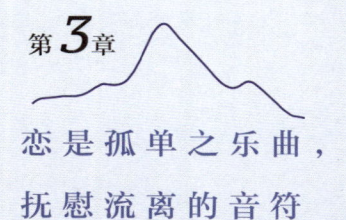

恋是孤单之乐曲，抚慰流离的音符

浓烈的沉默，消逝了整个青春的喧扰 /148

眷恋使我卑微，因为我总求着时光慢慢走 /154

甜品是严肃的，总在专心催化渴求者的焦虑 /160

此后，我与你相隔的距离更加广阔 /171

种子在沃土下酣睡，追忆着水流的欢快 /177

点燃心间淡红的微光，轻谈黑夜的昏暗 /193

追求者敲击门，爱恋者敞开门 /200

走远了，呼喊着未曾说出口的"谢谢" /207

第 *1* 章

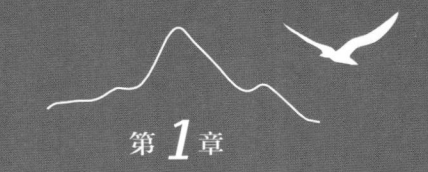

醒了，
原来我们依旧相爱

孤独的人必须接受真相
爱情是来自灵魂上空的闪电

静静地听,他求爱的低语

01

这所大学的屋顶,全部是碧绿色的。第一次看到,我就忍不住笑了,多像是一顶顶绿帽子。但是,这所大学从整体来看还是漂亮的,园林式学校的牌子挂了好多年。

大家出入侧门的时候,势必要经过篮球场。是不是所有的大学都这样呢?篮球场边上,永远站着许多女生。而我却从来不去看,我不喜欢和一大群人站在一起,我不喜欢那些故意在女生面前卖力表演的男生。

那些欢呼和跳跃的影子,与我毫无关系。

在我的心里,藏着一个影子——梁小池,他是多么沉默而骄傲。

从高中算起,这个影子已经绵延了五年。五年,是多么长的一段光阴。他有着两颗明显的门牙,洁白得如同兔牙那样。他的头发短而坚硬,衣服永远洁净。

他表面上总是那么温顺,只有我知道他骨子里的桀骜。可是,他从来没有注意过我一眼。他的数学成绩那么好,可因为严重偏科,所以他的名次怎么也排不到前二十名。而我们的班主任说,不进前二十名,很难说能不能进大学。

我喜欢他。全世界,只有我自己知道。

我对大学的渴望,让我不允许自己背弃理想展开一场分心的恋爱。

他走过我的身边，我也只是闭上眼睛感受他身上的气息。就这样，我等待着，祈祷上天恩赐一个美丽的结果。

这个结果是，我考上他报读的大学，他的名字，我却怎么也找不到。回学校拿录取通知书的时候，我站在公示的红榜前，自言自语："是不是不应该喜欢没出息的人？"我念着他的名字，只念了一遍，我的语速，比即将到来的暑假更加悠长。

然后，我转身走了。

据说在空闲而散漫的大学生活里，我可以开始一段恋爱。这所大学，我在照片上看见过，房子有着碧绿的屋檐和屋顶，像是一年四季都弥漫着春天的气息。

我的恋爱，是不是可以开始了？

02

整个大一，我都游荡在学校里。以至于到如今，我都可以准确地告诉你，在某个地方藏着某个好去处。那时候，图书馆的背后长着两株巨大的蜡梅。冬春之间，黄色的小花开了满树，阳光尚暖时刻，我躺在树下，在清香之中，想念梁小池。

他现在怎么样呢？

谁也没想到，我考上了这所学校，而他没有成功。我想我永远都不可能有机会让他听见我心里的话了。

我无从影响他的想法，我与他，距离越发远了。从一个教室，变成两个城市。我想，我有理由成为一个心无旁骛的女孩。我的学业太过优异，连辅导员老师都叹息，你的时间可以拿出来谈一次恋爱了。我笑笑，不语。

篮球场边上，还是尖叫不断。后来，我干脆走径直方向的路。只有人多的时候，不得已才走那条曲折绕旋的路。

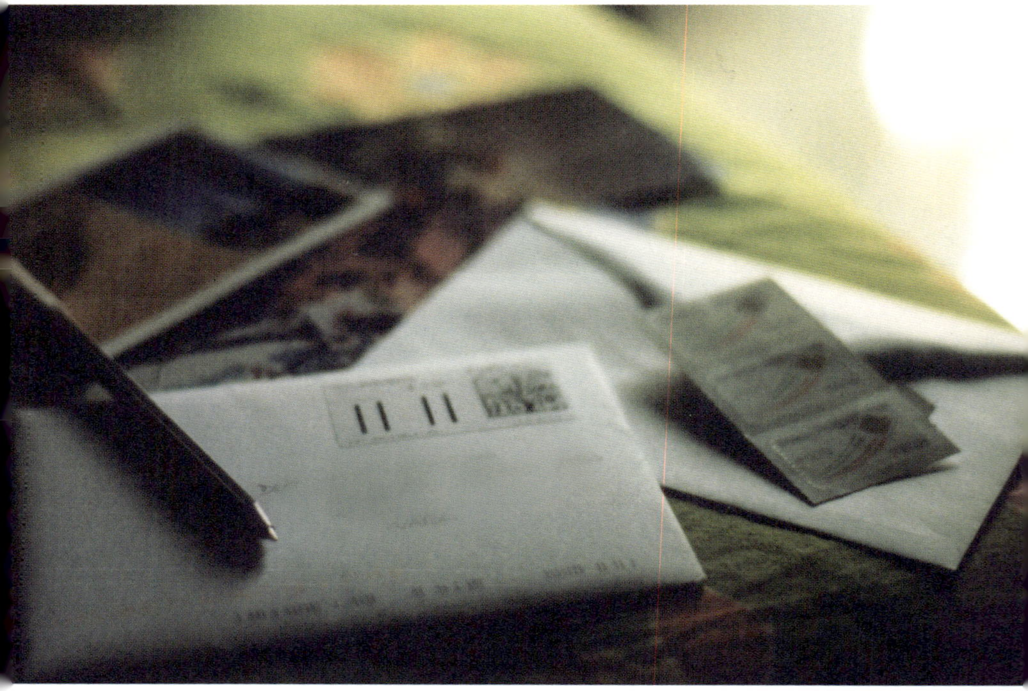

不是没有人给我情书的。我习惯很早就到教室坐好，固定地坐在顺数第十一排的位置，因为当年梁小池坐的就是第十一排。那个桌子的抽屉里，有着淡淡的香水味，因为在学校外，男生们可以买到专门用来写情书的纸，这些纸上满是香气。

收到樊的情书，是在大二的上学期。

照例，折叠了两下，我就把它丢到门口的垃圾桶里了。我唯一感兴趣的事情，是不断联系老同学打听梁小池，可我什么都没打听到。

他就像一片树叶，在我们人生的岔路上，不知道被风吹到哪里去了。

03

我终于还是决定放弃。年华一旦错过，就不再有了。

让我下定决心的，是从前的一个师姐。某一天，我陪着她走啊走，她说，她最遗憾的是没有在大学恋爱过。她的一切都很优秀，唯独缺了一门功课——恋爱。当时，我心有一丝震撼，我会有她这样的一天，寂寞、失落、在回忆里，遗憾会缠绕心间吗？

大三这一年，光阴似乎比往年快了许多。与我同一个宿舍的女生，纷纷由单而双。只有我是一个人，仍然孤独地上课、下课、自习。人抗拒得了痛苦，却难以抗拒寂寞。

在新的学期开始时，我终于收下了樊的情书，我不是不愧疚的。

他是唯一一个始终不放弃的男生。当我见到他的时候，略微惊讶了，他也有着和梁小池一样的头发，短而坚硬。他说他是文学院的，而我是法学院的，我们的学院左右坐落，互为邻居。他出入时看见了我，留意到了我。

我自然不必提及过去。

樊叫樊南。他有着太多和梁小池不一样的地方了，虽然他们有着同样的头发。梁小池是沉默的，而樊南是热切而活泼的，是直接的。就好比他喜欢我，于是情书连绵不断，它们一年四季都不曾停止出现在我的抽屉里。

而最大的一个不同是，樊南喜欢我，并且我得以知道。梁小池不曾喜欢我，即使喜欢，我也无法知道。

既然决定遗忘，那么就彻底一些吧。我和樊南相处后，第一次尝到恋爱的滋味。即使，我只是被爱，还没有爱上他。

我们在南湖边上，看着太阳升起又落下。湖里有很多鱼，他常常去抓鱼，我们一起烧烤。在门口的一家乖乖炒饭店，他点了最辣的指天椒牛肉饭，被辣得哈气，突然猛地亲吻了我的脸颊。大大咧咧，旁若无人。辣意让我的心脏猛烈跳动。我被这个男生的爱，炙烤得满面通红。不得不承认，是他让我快乐起来，摆脱了修女一样的心境。

但我还是惆怅了，如果吻我的是梁小池，我的感觉会是什么样的呢？

04

美好的日子，并不长久。樊南这样阳光帅气的男生，也许我无福消受。我总是感觉背后有人在盯着我。远远的，又像是很近，寻觅不到人影，但那种感觉却挥之不去，阴魂不散。很快，一个陌生的女生杀气腾腾地靠近我，公然宣战。

为了爱情，一切都是可以原谅的。她使用种种手段，只为将樊南从我身边带走。我仍然只是观望，能够留下的，自然会留下；无心留下的，挽留也无益。

有一天，樊南来找我，犹豫半天，开口道："阿柯，我不知道该怎么办，在你和雪梓之间，我真不知该如何选择。"

我看着樊南，轻轻地说："我的选择，在于你的选择。"

他张大嘴巴,说:"那我回去想想。"

不久以后,他不再找我。再不久以后,他见到我也只是躲闪着。再后来,他在情人节前打电话来,说:"我是不是太对不起你了?"

我说:"没有啊!"我显得那么云淡风轻。

我算不算默默地退出?

也许,我从来就没有认真开始过。

总之,我也算恋爱过了,是不是?

大三,就要结束了,那些寂寞的岁月终于到头了。

05

那一年的宿舍格外紧缺,于是我住到了靠近篮球场的四栋。夏天来临的时候,猎猎的风穿过窗户,吹得衣服晃动。

陌生的环境令我有一些不适应,但是,我很快就要搬走的,也就无所谓了。临时宿舍里,乱糟糟的。

6月28日,是学校通告的毕业生离校的最后日期。

我的墙壁上挂着一张大大的美女图,我忍不住笑了,没有办法,腾挪出来的男生宿舍就是这样的。我们这些毕业生的情况繁复,学校的安排也显得荒谬。

虽然打扫过,但还是很凌乱。我将暗角的灰尘收拾出来,仔细擦拭床铺上下的铁架。最后,我忍不住揭下那幅美女明星海报。

我惊呆了,在海报背后,居然还有别的画,是一幅铅笔素描,长长的头发飘扬着,头发下,是一张清秀而熟悉的面孔,那分明是我的模样。旁边是一行规整的手写体:阿柯,为什么你不转头看我一眼呢!为什么……

我像是可以看见他坐在床上,发出悠长的叹息。是在怎样寂寞的日子里,他一个人画着我的样子,写下那些话?在素描纸的下面,有一个又一个"正"字。末尾,签着他的名字。

他有三百多次机会可以叫我的名字,却次次落空。

我的眼泪,寂寞地掉了下来。我居然住进了他所在的宿舍,他怎么会在这里?

06

我竟然从来不知道,他的心事与我怀着的心事可以画上等号。他因为骄傲而沉默,我因为理想而低下头逃避。

后来,他读了成人教育的本科。他所选择的大学,就是这所大学。

他所住的,就是四栋二楼,成教学生集中居住的地方。他知道我每天经过的那一条路,所以总是在那条路边的篮球场上打球。一次,两次,三次……到最后数不清楚多少次。

任何一次,我都没有注意到他。他也从来没有叫过我的名字。

他为什么不叫呢!

我的头发越来越长,而他的"正"字也越写越多。爱情青睐勇敢的人,当年的我与如今的他,都是不配得到爱情的人。

我永远不会知道,那年,我站在高考录取的公示榜前所说的那些话,他都听见了。他站在巨大的牌子后面,身影全部被遮挡住了。其实,那是他唯一一次鼓起勇气,想要对我说一句话的。他在后面,等我了许久,我让他自卑了,他便哑巴了。之后,我们就此分别。这一分别,就是好几年。

后来,我才知道那天的事情。因为念旧,我在回学校游览时,门卫阿姨告诉我,那年,有个男生在我走后,站在牌子后面哭了。

谁都看得出来,他为什么而哭。我一步一步走开了,没有回头看见他。

有时候,骄傲只是一个抵御谦卑的面具。

拿下面具,是一张哀伤的脸。

可是,知道了,我又能如何呢?如今,我就要毕业了。一年的时间,足够发生太多的事情。我仅仅比他先一年来到这所大学,而我们彼此就完全错过了。除非我等他一年,那是多么高风险的事情啊!

两年来,我和一个并不深爱的男生走到一起,一起出现在学校的各个地方,而他居然也来到这所大学,并且始终看着我和别的男生在一起。

他是骄傲的,是沉默的,也是痛苦的。沉默的人的痛苦比别人更强烈和压抑。所以,我才总是感觉,我和樊南在一起的时候,背后有着一双痛苦煎熬的眼睛。原来,那并不来自那个女生。

07

毕业的时间终于到了,我是最后一个离开学校的,送别了所有人。我在27日的上午,乘6点30分开出的538路公交车出发,这辆车的终点站是火车站。

天空的昏黑,渐渐被照亮。我走出宿舍,走过湖边,走过排球场,走到篮球场,在那里停顿了一下,然后我走出了南二门。

我上了迎面开过来的538路公交车。整车只有两个人,一个司机,一个男生。他坐在第十一排的位置,我一眼就看见了他,他似乎在那里等了许久一样。

我呆滞住了。

他起身,走近我,我数着他的脚步,眼泪像蹦跳的兔子出了笼子般流了出来。

我们对望了许久,车开起来,人渐渐地涌进来,整个城市热闹起来,阳光使每个人的面孔都明亮起来。最终,我们深深地拥抱在一起。

爱情,只青睐勇敢的心。我们已经学会了勇敢。

我不能选择更好的,是那最好的选择我

01

鹿豆收下了一大把榛子和松子,这纯粹是意外。

这些果仁,从东北茂密的树林里,被摘下、炒干,然后用黄黄的牛皮纸进行打包,它们千里迢迢来到这个副热带高压的城市,用来讨好男生最心爱的女生。

被鹿豆拒绝了太多次,森川几乎不抱希望了。他是一个只想老老实实告白、示爱的男生,在奋勇表现、花样百出的追求者中,他显得毫无光华,彻底被淹没。

森川的妈妈来学校看望心爱的儿子,顺便带了一大袋他们当地的炒货。这些气味芬芳、质地干脆的果仁,森川很大度地分了一些给宿舍的男生,剩下的他丢进了背包。如果想家,就吃一点。

鹿豆非常漂亮,漂亮的女生身边总是有很多追求者,而能得到她的人却只有一个。

那个得到鹿豆的男生,跟鹿豆在公交车上僵持了一段时间,然后在车门打开的间隙,男生脸色难看地冲下了车。鹿豆没下车,只是扭头盯着车窗玻璃,恶狠狠地瞪着,散发着全世界谁也别来惹我的气息。

瞪得久了,鹿豆看见了车窗映出的森川的影子。他坐在最后一排,向前数四排,他恰好被气得掉泪的女生看见了面孔。年轻的女生想起来了,

这是一张被她拒绝过好多次的脸。

当时的森川没有露出一丝幸灾乐祸,相反,他还慢吞吞地凑过来,站在过道耐心地等着,等到鹿豆身边的座位空了,就谦虚谨慎、不骄不躁地坐了下去,双手捧着打开的纸包,"给,你吃吧!"他说。

长得像大号瓜子的榛子,开口的带壳松子,和超市买来的比起来,他分享的这些味道更加地道。鹿豆从公交车下来,一直到宿舍门口才吃完。

"好吃吗?"

"真好吃。"

不知道为什么,吃着东西的时候,她不再哭了,也不再生气了。如果交往一个"卖相不错"的男生,他却对他的女友死硬不妥协,要这种男友不是自讨苦吃吗?还不如……换一个。

02

换一个人相处,就像换一个城市生活。

前男友和森川是完全不同的男生。

森川会用高了两个八度的声音发出感叹:"这是全世界最好吃的牛肉面!"但其实,鹿豆只不过在学校外面的菜市场买了一点熟牛肉切成丁,加了几个葱花,煮了一包一块五的方便面而已。

太浮夸了,不过鹿豆被逗得哈哈大笑,她很开心。

这感觉很奇妙,鹿豆当然知道,如果给全世界做牛肉面最棒的师傅排个名单的话,她一定在名单上的倒数第一名之外。

这个二十岁的女生在这些人生小小的变迁中,隐隐约约领会到一点什么。虽然她毫无手艺可言,但她做的最普通的牛肉面被对方认定为顶级牛肉面。

在吃了森川家里的坚果炒货之后的那个晚上，他们又见面了。

她约了森川，到她的小小的租赁的民房里，她用小锅子、电磁炉，给他做了一碗牛肉面。

他什么都没问，就是"呼噜呼噜"消灭了鹿豆做的一碗面。不说话，行动是最好的赞美。

显然，鹿豆跟她的男友吵架闹分手了。

显然，鹿豆准备原谅男友的时间是有期限的，他的道歉又来得比较迟。

那个男生用钥匙打开房门，目睹到了他不能接受的状况，离开的时候，他踩烂了携带的水果，摔坏了出租屋质量劣质的门。

越是把一切搞得乱糟糟、大打出手，越是在女生的心里变得一塌糊涂。

秋天杀死了夏天，冬天渐渐到来，森川成了鹿豆的正式男友。

有些时候，鹿豆上课，凝视阶梯教室外的松树，走神了。她忍不住幻想了她的未来，跟这个对她好、对她好到无路可退的男生，结婚、生子，一直到老。这未尝不是一种特别美好的结局。

然而，当更好的男生出现时，你的心便会开始动摇。

03

鹿豆开始发觉，自己其实是个贪心又肤浅的女生。当她喜欢的森川开始工作，开始成为小职员，开始看上司脸色，开始为日益高攀的房价唉声叹气的时候，她偷偷地赴了另外一个男人的约。

这是个三十岁的男人，时间已经把他打磨成刚刚好的模样。说得精确点，就是增之一分则太老，减之一分则太嫩；再老一点就世故油滑了，再嫩一点，言行举止又没那么让人舒服。

进电梯按住开门键等候陌生人,吃一顿饭先给女方拉开椅子,可以看出他的习惯养成了很久,所以极为自然顺手。

他对她说,他的第三套房子在郊区,在假期的时候,到那儿可以躲开那些不想看见的人、不想去做的事,消磨一整天,浑身都轻松。最好的一点是,他还没结婚,也没有离过婚。

他只是想忙完了事业,再认真娶一个令他心动的女生。鹿豆年轻漂亮,让他心动了。是的,无论如何,年轻本身就是最动人的优点。

对于鹿豆来说,这个男人就像是野外生长了许多年的果实,成熟之际,送到了刚好路过的鹿豆面前。

要享用吗?可是享用的前提是背叛森川。

哦,有一些事情或许还需要补充说一说。当森川工作了,鹿豆还没有毕业,她一直交往的都是年级比她高的学长。

如今她遇见这个更好的男人,她动摇了。他们的相遇是在一场招聘会上,作为招聘主要负责人,在鹿豆眼里他更加有魅力。

04

男人面试了她,向她发出邀约。他们约会在不同的精致场所,他也挺守礼。

一连许多天,她都很矛盾。在最矛盾的时候,森川也毫无察觉,他在赶一份项目计划书,没日没夜地改了许多遍,加班到很晚才回来,胡乱吃了几口饭,倒头就昏睡。

二十二岁的森川说,等到他成功拿下项目,成为主力,他将获得一笔奖金,足够买房子的首付,足够举办一场盛大的婚礼。

这是一条一眼可以望见尽头的路,路上的平凡、琐碎令她恐惧。在年轻的岁月里,单纯地谈恋爱是最美好的,但美好向来短暂,容易消逝。

站在分岔口上，鹿豆的手机收到了男人诚恳的短信：你考虑好了吗？我在等你答复。

森川失败了，他本来接近成功，但最后他被挤出了团队。那个很重要的、跟他的人生计划和幸福未来挂钩的项目，被分给了别人。公司里的竞争对手也不差，那个人把项目完成得很出色。

遇到这个重大的挫折，他第一次喝酒了，喝得很多很猛，醉得很快很厉害。他的女友仍然没找到一份好工作，生活比在学校读书痛苦许多。这一刻他很想去死，这样就可以什么都不去面对了。

他更加不知道，促使他失败的原因是那个男人给友人打了一个拜托电话，友人卖了一个面子。先成功的人总有广阔的人脉。他本来可以做得不那么过分，但男人终归是男人，想要得到的心累积到了急切的程度，于是要凭借人力来扭转局面。爱情中的卑鄙伎俩，情有可原。

年轻的森川回家了，那其实算不上一个家，租的房子永远无法在心理上被接受成自己的家。他倒在沙发上迷迷糊糊的。

鹿豆收拾了一点自己的东西，走出门口。

对比越来越鲜明的两者，天平失衡，滑向该滑向的一端。

奇特的是，她忽然发现，她每走出一步，脚就沉重一分。不远处那辆漂亮的汽车，在夜色里闪烁着漂亮的光泽。是她通知男人开车来接她的。

不是不可以变心。重要的是，变心之后，能不能承受住那份沉甸甸的罪恶感。换男友这种事情，她多多少少有一点经验。她已经毕业了，在六月的最后一天，不再是学生，此后的人生必须自种自收。鹿豆在心里默默想：我，可以！就像当年换了那个不愿妥协的男生一样。

沿着人行道，快要接近那辆车的时候，她忽然折向一家杂货店。店门口摆着一个大冰柜。这是个夏日炎热的夜晚，她忽然很想吃一根雪糕，让自己冷静地再想一想。

她翻找出一款巧克力榛仁雪糕。外包装袋上印刷着一句广告词：内有整颗榛仁。

榛仁，就是榛子的心。

跟森川在一起的日子，所有来自东北的礼物，森川母亲邮寄给儿子的果仁，通通进了她的肚子。鹿豆叹气了。

05

好男生之外，的确有更好的。如果遇到更好之外的更好，难道要继续换下去？

此时此刻，鹿豆问自己，这一次换人跟上一次换人一样吗？想要过舒服日子的心，能够替换真心喜欢的心吗？

还是无法替换吧，她吃过森川的榛仁，她体味过森川的真心，他对她的好，她都知道。不管选什么都不够完美。人总是越来越聪明。推翻自己，又推翻那个推翻自己的自己。她决定听从自己的脚，让脚投票。

手机响了，她没接。

一秒钟，她熄灭了所有纠结和矛盾。她的脚往回走，居然越走越轻快。

当她回到门口，撞见急匆匆正要出门的森川。被人生初期的辛苦折磨到面容憔悴的森川冲她说："醒了发现你人不在，你跑哪里去了？我担心得要命，正要去找你。"

"哦，我给你买了牛肉面，当夜宵。"她笑了笑。森川一把抱住她，抱得太紧，她只好仰头呼吸，让走道的灯光映照出一脸的金黄。

脚比心更加靠谱。

说不出的喜欢,是为了曾经那小小的求助

01

电影《阿甘正传》里,阿甘的妈妈说过一段话,大意是:"人生犹如巧克力盒子,你永远不知道你将会得到什么。"

其实,晚上自习的时候,你也永远不知道窗户上会掉下来什么。而我记得无比清楚,掉下来的是一只壁虎。今天,我会觉得它是美丽的、可爱的。可在当时,我除了害怕,还是害怕。

它爬到了我的衣服领子上,然后趴着,它在闭目养神还是等待会飞的昆虫,我一概不知。

我觉得浑身的寒毛都要竖立起来了,我向李亮亮发出哀求的眼神。

李亮亮看着我,有点发愣,然后笑得乐不可支。他看了看我,又看了看壁虎,然后对着它打起招呼来:"壁虎先生,晚上好啊,你是出来散步吗?"

我想我的眼泪,当时一定流出来了,并且充满了对李亮亮的痛恨。我大气不敢出,生怕壁虎先生舔我的脖子。因为据老人们说,穿过绿色的叶子、翻过透明的窗户玻璃、吃各种不知名昆虫的壁虎,其唾液是有毒的。一旦碰到,皮肤就会烂掉,还会留下疤痕,严重的还会致死。

我无奈、绝望地看着天花板,灵魂几乎出窍。

李亮亮还在贫嘴,他说:"要不,你做我女友吧,这样我就可以帮你

拿走它。"

就算死掉也不会做他的女友，我的念头就是这样倔强，不知道哪里来的勇敢。他太可恶了。

总归，我没有死掉。

亲爱的壁虎先生被请走了。

有人伸出了援助之手，他帮我拿开了壁虎。他是冯亮亮。

叫亮亮的男生，在这个世界上，没有一万，也会有八千。可是，我只记得这两个。一个对我施以援手，一个幸灾乐祸地看热闹。

02

冯亮亮是个老实的孩子。

老实的孩子，老师们最喜欢了。他的成绩也好，一直都是第一名，可是，我从来没注意过他。

女生似乎永远不会记得成绩第一名的男生，虽然他们是老师和家长的宠儿，但在女生的眼里，他们并不是理想的恋爱对象。

冯亮亮就是"不理想的恋爱对象"之一。

他有着平凡的样子，穿着平凡的衣服，常常低着头。他和女生说话时必定脸红，严重时还会结巴。他不具备吸引女生的任何一个要素。即使有女生找他，也只是为了讨教功课。

他救了我。不管怎么样，我应该对他心存感激的。

我轻飘飘地对冯亮亮说："谢谢你，回头我请你吃炒冰。"炒冰是我们学校非常流行的食品。热天里，面对一罐子满是晶莹雪白，有酸梅子片、葡萄干、碎西瓜的炒冰，任凭谁都不能抵抗诱惑。

他点了点头，用力地，严肃和认真地。我很想笑，却又觉得笑帮助自己的人是挺不厚道的事情。

第二天，冯亮亮抱着罐子，万分用功。他仿佛不是在品尝好吃的，而是在完成物理老师布置的作业。他一小口、一小口地吃。

我起初还津津有味地看着，最后不耐烦了，我便催促说："快，快点啊，都要化掉了。"到最后，果然剩了半罐子糖水。

我说："你这个男生，吃东西好秀气呀。"

他抬头看我一眼，抱歉得不行。我摆手，说："好了，感谢完毕，你继续学习吧。"

他就继续学习了。

真的，我不知道该如何说清楚我年少时微妙的情绪。冯亮亮无疑是好的，可是我的眼睛一直瞟着旁边，故装高傲地不看李亮亮。

03

冯亮亮不在的时候，我拍着李亮亮的桌子，说："你为什么不向我道歉！"李亮亮转眼，笑着，带着嘲讽。

我以为他要不屑地扭过头，不理睬我。

可是，他居然对我说："对不起啦。"

我哑口无言。我坐到他旁边的空位上，不知道该说什么。许久，我才开口问："你为什么不好好学习？"

李亮亮反问："你怎么知道我没好好学习？"

我再度无言了。

我有些生气，于是站起来，慌张地说："你这种人肯定会没出息的，做你的女友是不会快乐的。"

这次，他高傲地扭头了。他当然可以高傲，他的抽屉里满是情书，署名还都不一样，他每年情人节都能吃到很多免费的巧克力。他有着尖下巴、短头发、似笑非笑的面容。

窗外有什么呢？有开得正热闹的莲花，粉红、洁白、碧绿。还有风吹过时会皱眉的水。他不再看我，而是看着窗外的这些。

我在那一刹那，决定做一件事——那就是，我要和冯亮亮谈恋爱。尽管我心里非常清楚李亮亮喜欢我。可是，高傲的人是可耻的。

04

当我走在大学校园内，一个人散步的时候，我很想念冯亮亮，到底我还是和他分手了。我们的恋爱短暂到只有一个月零六天。

我牵着他的手，感受着他的紧张。他终于对我说："我们不如一起考同一所大学？然后再继续？"

这样很好，能让爱情激励学业。可是，我知道自己不可能去北京大学的。而他，也不可能放弃第一志愿。他有着多么优异的成绩啊，班级第一、年级第一、学校第一。

但是我仍然点头了，我不愿意辜负他。就算是谎言，就算是被误会，我也认了。我说："好的，我们一起考到那里去，我一定会填那所学校的。"他太天真了，天真到以为只要好好学习，每个人都一定会实现自己的梦想。

最终，南方的一所少数民族大学是我四年的安身立足之所。这个学校，我都是侥幸考上的。

李亮亮呢，他又是在哪里？

05

春天过去了，夏天过去了，秋天过去了，冬天也过去了。

裙子退场了，毛靴出场了。

而我，仍然是一个人。

直到裙子又换上了，我坐在学校的亭子里，忍不住发呆。背上微微一震，我有一种奇妙的感觉，我仿佛又要跳起来，大叫："李亮亮，快帮我拿掉！"

是的，又是一只壁虎。只不过，是另外一只壁虎先生。这只壁虎先生显然太匆忙，它抓不住我的衣服，那件衣服不像中学时的朴实、耐用，而是光滑的、高级的。所以，壁虎先生摔下去了，跌落到地上。它灰溜溜地逃走了。

它不像那年的壁虎先生，好似闲庭信步一般，在我的脖子旁边呼吸、散步。即使被冯亮亮拿下，放到课桌上，它也毫不惊慌，竟还悠闲地吃掉了一只路过的蚊子，敏捷地攀上墙壁，然后贴回玻璃上。这让我想起课本上的一个词——风度翩翩。

再没有人帮我请走壁虎先生了。

没有了冯亮亮，也没有了李亮亮。我听说，李亮亮没有读书了，而是去做小生意了。我听说，冯亮亮竟然没有考上他的北大，而是上了北京理工大学。同学们在聚会上，见到了他的漂亮女友，据说神态像极了我。

当然，这些都只是听说。

我是寂寞的，不知道如何是好。

原来，不是每一只壁虎都懂得散步的。我好怀念，那一只风度翩翩、懂得散步的壁虎。

那是李亮亮第一次对我表白，也是最后一次。

那也是我第一次对一个男生充满了期待，而他却辜负了我的期待。

其实，李亮亮之于我，等于我之于冯亮亮。

因为爱情，我们才天真得不可救药，以为可以轻易使一个人脱胎换骨。爱情是伟大的，却不是万能的。

06

我简直不敢相信，我会在学校里遇见李亮亮。这已经是大三的期末了。

他向我走来，他的面庞、他的头发、他的笑没有一点变化，唯一变化的是他的态度，他说："你好。"礼貌而谦和。

我艰难地将声音逼迫出嗓子，我说："你也好。"

然后，一个女孩走到他的身边来。他说："这个，是我的那位。"

我点了头，我明白他的意思。

我微笑着，像是不知道什么叫苦涩似的。那个女孩眼神明亮，满是欢喜。她说："我认识你，你是我们学校的才女师姐，写了很多好文章！"

"是吗？"我仍然微笑着。

"是的。我们曾经是同学呀！"

我说："你们继续吧，我要去吃午饭了，再见。"

他说："再见。"

她说："师姐，再见。"

于是，我们再见了。

他为什么要找一个跟我一样学校的女友？

这个令人困惑的问题，换成十七岁的我思考的话，想必许多个夜晚都要失眠了。但如今，我吃过午饭，就安然午睡了。醒来，去吃晚饭，然后看看书，写写信，听听音乐，就到晚上十一点了。

宿舍熄灯，我闭上眼睛，泪水终于流出。痛快地哭已经是很久远的事了，但又好像从来没有遥远过壁虎事件，因为那一次我也哭了。

据说，许多男生在面对从前喜欢的人时，会选择不再回头。没有理由，这只是人的一种选择。李亮亮选择了这样做。

我也该把抽屉里的情书打开，认真翻看了。那些情书虽然不多，但毕竟是爱情恩赐于我的，我没有资格辜负。

我将出现次数最多的一个挑出来，打算给予回复。然后，我才注意到信封上有邮戳。回复，又被回复，里面的落款是冯亮亮。

07

人是会成长的，青春没有被浪费。冯亮亮在我面前，像是一棵绝佳的树木。我考取了本校的研究生，冯亮亮也一样。他就在我的右手边，他有着明亮的眼睛，留着短短的头发，穿着洁白的衬衫。有些像李亮亮，但却不是李亮亮，他要比李亮亮更加吸引人。

李亮亮结婚了。一毕业就和师妹结婚了，他给我发来了他们的喜帖。

我不知道该如何回答冯亮亮的问题，他问："我们，我们什么时候结婚呢？"

"还早。还早。"我说。

我还说："等到夏天，当年那只壁虎先生重新落到我身上，你一定要请它到别处去散步。同时，你必须威胁我，不嫁给我，我就……"

那么，我会回答："亲爱的壁虎先生，你慢点走，我还要请你做我们的婚礼主持呢！"

她啊，不要在游戏中找寻

01

九月的开端，林煦受死党叶亦晖所托，去机场接他的妹妹叶怡薇。他们认识将近十年，叶亦晖很少求人办事，可见妹妹在他心中有多重要。

挂了电话，林煦倚在窗前，看着窗外灿烂的阳光，想着少女明亮的双眼。

林煦第一次见到叶亦晖的妹妹，是在升到高三后不久。

那个傍晚，他经过操场，一只足球滚到脚边。他顺着球滚来的方向看去，足球场边站着一个俏丽的短发女孩。她没有大喊，也没有招手，只是安静地看着他，等待他把球踢回去。他将球踢回给她，利落而潇洒，她接住球，朝他粲然一笑，便跑远了。

广播里，慵懒的女声唱着初恋的歌。仿佛在炎热夏日里拧开一瓶可乐，泡沫涌出瓶口，这一刻，林煦心底有什么东西在不停地往上涌。

再见到那个女孩是一周后，他跟叶亦晖打球。

中场休息，叶亦晖走到站在球场边缘的短发少女的身边，接过她手中的毛巾，骄傲地跟他介绍："阿煦，这是我妹妹怡薇。"

少女仰望林煦，眼里是毫不掩饰的赞赏："你刚才投的那个三分球帅呆了！"

他笑笑："你哥比我专业得多。"

"那是当然。"

叶亦晖说过,他们兄妹上小学前,父母就离异了。从此,他跟着父亲过,母亲带走了妹妹。因此,林煦去叶家的那几次,都没见过他口中的妹妹。

他本以为原生家庭破裂的小孩的性格多少会有些阴郁,没想到,他们兄妹都很开朗,跟林煦恰好相反。

林煦寡言少语,喜欢研究军事杂志,女生们对他很感兴趣,却从不敢打扰他,因为八成会被他无视。他跟叶亦晖玩得来,是因为他的篮球打得好,男生都乐意跟自己的对手建立友谊。

叶怡薇从哥哥口中听说过不少林煦的事,所以,她在他面前一点也不拘束。

一想到很快就能见到她,林煦心情大好。

02

开学那天,林煦提前抵达机场四楼的候机区。

他听着歌,等待叶怡薇打电话给他。他不喜欢等人,但是,等他想见的人另当别论。

忽然,一只手将他的耳机摘下:"你在听什么?"

他回头,发现叶怡薇不知何时站在身后。

"怎么不打电话给我?"

她的五官变化不大,只是短发长到及腰了,如藤蔓倾泻而下,衬得小脸莹白如玉。她听着他耳机里激情澎湃的摇滚,随口哼了哼,然后将耳机还给了他。

"我刚想打,就看到你了。你听歌的品位不错,你要是有喜欢的音乐,可以推荐给我吗?"

林煦点点头,将耳机随意地挂在了脖子上。

他打量着她身后的一只粉红色的拉杆箱,问:"你的行李就这些?"

"嗯,我把不贵重的东西直接寄到学校了,你待会儿帮我搬一下。"

他们兄妹很少说客套话,这是林煦跟他们相处融洽的原因之一。对方越是有礼貌,他越是不知如何与他们接触。

林煦向来话不多。一路上,她问什么,他就回答什么。

他们去取快递,看着那十个近半人高的箱子,叶怡薇不好意思了:"我和哥哥都不知道上大学要带什么,干脆把能想到的都打包过来了。"

你可以问我。

这话林煦只在心里说。不怪她不问他,他自知自己不像会热心回答问题的、温柔的学长。

他找来一辆手推车,将箱子往上搬,听见少女笑着感慨:"好像'俄罗斯方块'呀,你还玩这个游戏吗?"

"没玩了。"

叶怡薇一脸惋惜:"真的?我现在玩得很好,还想找你一决高低。"

语气里,颇有物是人非的味道。

03

叶亦晖说过,他妹妹很好胜。

高一时,叶怡薇踢足球输了,硬是苦练了一个多月,找赢了她的班级重新比赛,赢了后才罢休。

林煦想起初见时的场面,球场边的少女,眼里确实有火焰般的倔强。他很欣赏她的性格。

叶亦晖去当兵前,喊上他和妹妹到外面吃饭。说来奇怪,叶亦晖朋友很多,但是那时候,他却经常和他们俩一起吃饭。

上菜很慢，叶亦晖和妹妹聊天，林煦埋头玩"俄罗斯方块"。

"这游戏有这么好玩吗？"

她的呼吸落在颈边，痒痒的，林煦一分神，没能及时把落下的一个方块摆好。

他定了定神，一边按键，一边说："不好玩，要玩好是很难的，我喜欢挑战有难度的事情。"他是瞎编的。

她听得直鼓掌，"真酷，能让我玩一下吗？"

一开始，少女觉得这个游戏挺幼稚的，但当她玩了不到一分钟就输掉后，不得不把手机还给了林煦。

林煦难得好心地鼓励她："不难的，只是很需要耐心罢了。"

叶怡薇继续看他玩，过了十分钟，她叹气："你太快了，我眼花。"

林煦觉得好笑："慢慢练习，自然会变快的，我刚开始也玩得很烂。"后半句自然是假的，纯属安慰她，这种好心一点都不像他。

她打量他，"我终于看到你笑了。你玩的游戏，跟你很像，都挺忧伤的。"

"忧伤？"他第一次听到这种形容。

"对，'俄罗斯方块'必须不断消除才能赢，不管怎么积累，到头来都是一场空。赢了，却什么都得不到。"

被叶怡薇支开去买香草味可乐的叶亦晖回来后，看到他俩靠得近，八卦地追问他们聊什么。

两人默契地笑笑，说："没什么。"

三个人在一起时，总有两个人共享另一个人所不知道的秘密。

林煦对叶怡薇的感情，却只是他一个人的秘密。

04

林煦答应替叶亦晖照顾叶怡薇，不是没有私心的。

他不再是青涩而沉默的少年，深谙想要的东西得自己争取，感情亦然。林煦见叶怡薇对摇滚挺感兴趣的，于是，他整理了近年来自己听的歌单，然后发给了她。

他还邀请她吃饭。刚开学不久，商业街所有餐馆都爆满，林煦只好在一位关系不错的师兄开的店里订了位置。

等待的时间有点长，她拿出一台古老的诺基亚手机，问他："你玩'俄罗斯方块'吗？"

他接过手机，说："我得热一下身。"

虽然两年没玩了，但毕竟他曾经有过辉煌战绩，所以很快就重新上手了。

相比之前，叶怡薇已经玩得好了很多。林煦放了点水，故意输给她，然后懊恼道："我太久没玩了，所以才会输。"

她似乎信以为真，得意扬扬地问他："我赢了你，是不是可以跟你提一个要求？"

"我力所能及的都会答应。"

她想了想，狡黠地说："等我决定好再告诉你。"

吃到一半时，有对恋人过来和他们拼桌。

林煦坐到叶怡薇旁边，两人挨得很近，他能闻到她身上淡淡的甜香，心跳不禁加速。

拼桌的一对恋人正在闹矛盾，男生不断地跟女生道歉，好话说尽，女生仍不肯原谅他。

林煦跟叶怡薇全程努力地憋笑。等那对恋人走后，叶怡薇感慨："好羡慕她啊！"

"你也能找到那个愿意无条件宠你的人。"

听了他的话,她叹气:"我无理取闹起来超可怕的……但愿你说的那个人,真的会出现,并且不会被吓跑。"

林煦在心底说:那个人就在你面前。

这个晚上,他们吃完饭,又玩了会儿游戏,因此在店里耗到很晚才回去。

叶怡薇喝了点啤酒,走路有些不稳,回学校的路是一条很长的下坡路,林煦紧盯着她,怕她摔倒。

到了寝室楼下,她朝他笑着挥手,说:"晚安,林煦。"

夜色里,她的裙摆被风吹得微微摆动,宛如一只蝴蝶,飞出了他的视线。

05

林煦的家庭看似和睦,但其实他父母的控制欲极强,总要求他服从他们的安排。

那时,林煦用的是父亲的旧手机,平时的娱乐也只是玩玩"俄罗斯方块"和"贪吃蛇"。

有次吃饭,电视上播放一个高中生沉迷手机游戏的新闻,母亲不屑地说:"玩游戏的都是问题儿童。"他牢牢地记住了这句话。以后,每次父母命令他放下手机时,他表面上乖乖听话,但暗地里还是不断地玩,不动声色地与他们对抗。

填大学志愿时,父母依旧想左右他的想法。

他生平第一次正面反抗,他冷峻的神情,让父母意识到他早不是唯命是从的小孩了。

僵持的结果,是他们不得不尊重他的选择。

朝自己想去的方向迈出一步，看似很简单，但却需要很大的勇气。

林煦决定反抗父母，是叶亦晖提出想去当兵后。

叶父不赞成儿子的想法。

叶怡薇给哥哥加油："撞了南墙也不回头，这才是我们叶家人的作风。哥哥，你放心去吧，我会照顾好你养的金鱼。"

叶亦晖很感动地说："还是妹妹靠谱。"

旁边的林煦想：这不叫"撞了南墙也不回头"，该叫"遵从自己的真心"吧。

话题忽然到了他身上。叶怡薇问林煦的意向志愿，叶亦晖抢着回答："阿煦当然是学经管类，然后接手他爸爸的公司呀。"

叶怡薇"咦"了一声，问他："真的吗？"她的眼神仿佛在嘲笑他懦弱，只能过被安排的人生。

林煦的自尊心受创，矢口否认："当然不是。"

"那是什么？"

他想不出，仍嘴硬："暂时保密。"

林煦做惯了唯命是从的好孩子，他花了一段时间，重新认识自己，去寻找自己想做的事。他决定报航空航天专业，他从小就对飞机感兴趣，梦想成为制造飞机的人。

可以说，他人生的第一个转折点，与她息息相关。

06

大三学业忙碌，林煦不光要为考研做准备，还要完成航模公司的实习，因此，他经常昼夜颠倒地赶设计图。

有一天晚上，叶怡薇突然发来消息，问他班服上的班级标志怎么设计。

她因为缺席班会，莫名其妙地被同学们投票选成了生活委员，得负责定制班服。

难得她主动找他帮忙，为了证明他是个可靠的学长，林煦做了几个设计图，发给她时，已是凌晨两点多。

没想到，她很快回复："谢谢，我会参考一下。"

林煦好奇："这么晚还不睡？"

她发了个熊猫眼的表情过来："室友打呼噜像打雷，我被吵醒了。"

不一会儿，她给他发了段语音。他点开一听，只有沉默，给她发了个问号。

她回他："我把她的呼噜声录给你听呢，你听不到？"

风有点大，林煦去关窗，注意到今晚是圆月。他拍了张照片给她看。

她隔了好一阵才回了消息："我起床看月亮，不小心把阳台上的脸盆碰了下去，大门锁了，不能下楼捡，要是被人捡走怎么办？"

他几乎能想象出她蹑手蹑脚地走到阳台，却因为天黑，一脚将盆子踢下楼的冒失场景。

黑暗里，他听见自己的笑声，心底有温暖涌出，疲倦的心得到了安抚。

林煦安慰她："我明天六点起来晨跑，打电话叫你起来捡。"

她放下心来，叮嘱他别忘了，就去睡了。

林煦按照约定，打电话叫醒叶怡薇。

他到达操场，有几个早起的人在锻炼身体，他跑过一圈，听见有人叫他——

"林煦！"

叶怡薇穿着宽松的校服，朝他招手，"脸盆捡到了，谢谢你。"

他笑着邀请她："一起跑步吧。"

两人跑了一圈又一圈，她跑不动了，就坐在原地喊他："我饿了，我们去吃早餐好不好？"

太阳慢慢越过她身后的地平线，她的笑脸从明亮到透明，仿佛一滴闪闪发光的露水。

他忽然想，假若每天醒来，第一个看到的人是她，那该有多好。

07

林煦和叶怡薇的接触，越发频繁。他们之间确实有什么东西不断地积累了下来。即使看不见，却也存在于彼此心中。

他琢磨着时机，打算跟她告白，她却如直觉敏锐的小动物，突然开始回避他。

比如，他说公司发了榴梿蛋糕，问她吃不吃。

她拒绝了："不吃，我要减肥。"

他拎着蛋糕打算带回寝室，半路上，看到她站在蛋糕房，对着冰柜里的蛋糕咽口水。

他上前，轻拍她的肩膀，"你真的不要蛋糕？"

她眼底有渴望，但还是倔强地摇头，"不要。"

说着，她走出蛋糕店。

外面下起了雨，他撑开伞，"你回宿舍？我送你回去。"

"不用。"

她打算等雨停，其实雨下得不大，只是丝毫没有停下来的迹象。

雨声充斥着世界，仿佛一个巨大的玻璃罩子，将他们隔离其中。

林煦叹息："怡薇，如果我做错了什么事，你大可直接跟我说。你这样生闷气，我猜不出你的想法。"

她侧过头来，怒视着他，说："你那么急着跟她澄清我是你朋友的妹妹,又何必来关心我?我表现得那么明显,你难道还不懂?"她开始委屈地细数为他做过的事,"你喜欢'俄罗斯方块',我很努力地练习,只为了跟你多一个话题;我知道你在这个学校,我不想出省,可还是跟着你考了过来;我讨厌早起,连高三都要睡到全宿舍最晚起的那一个,可我还是调了闹钟,为了早起跟你跑步……"

说完,她冲进雨幕里。

林煦花了好一阵子,才推测出叶怡薇说的"她"是谁。

之前上课时,后座的人把水杯打翻,将坐在他旁边的女同学的衣服打湿了,他将外套借给了女同学。

第二天,他跟叶怡薇在学生餐厅吃饭。

那个女同学走过来,温婉地朝他笑道:"林煦,你的衣服,我下午上课再还你。"她的视线落向叶怡薇,"她是谁?"

"朋友的妹妹。"

叶怡薇对他疏远,似乎是从那天开始。

他犯了两个错误:一是没跟叶怡薇澄清衣服的事,二是不该说她是朋友的妹妹。

这两个错误,好比连续放歪了两块俄罗斯方块,让他们之间本该顺利的感情偏离轨道。

他连女同学的全名都记不清楚,可她不是他,又怎懂得他的想法?

他对她而言,就像一座庞大的迷宫,她了解到的,仅仅是他的一小部分,还不到能分辨出他周围哪些人很特别、哪些人无关要紧的地步。

若就这样错过她,他怎么甘心?

08

林煦给叶怡薇发信息,向她解释了误会。他还告诉她,他在她的寝室楼下等她。

人来人往，他不停地给她发消息。

他告诉她，叶亦晖托他照顾她时，他很高兴。

因为怕她看不起自己，填志愿时，他生平第一次正面反抗了父母。

既然上天再给他一次机会，让他再次遇见她，那么，他想好好珍惜她。

不知过了多久，身后有脚步声停下。

林煦回头，看到叶怡薇。

她红着眼圈纠正道："才不是上天给你的机会，是我争取来的机会。我之前赢了你，你说会答应我一个条件，如果那个条件是好好珍惜我……你能做到吗？"

他上前，拉住她的手，仿佛得到了全世界。

"当然能。"

他是幸运的，能得到她的谅解，这种奇迹并不是任何人都能遇见的。

好多天后，林煦接到叶亦晖的电话，说他跟随部队离开西藏，即将赶往海南。

林煦忐忑地向他汇报了和叶怡薇的事，电话那头，叶亦晖沉默很久。

"我妹也不容易啊，追着你这堵几千公里外的南墙去撞，你可别辜负了她。"

他郑重地承诺："不会的。"

叶亦晖仍在念叨："你真以为我每次出去玩都叫上你，是因为我特喜欢跟你玩？还不是我妹不停地问我，什么时候再找林煦玩。我也算沾了你的光，要不是你肯赏脸，她哪有那么黏我，真是女大不中留……"

就算他不说，林煦其实也察觉到了叶怡薇对他的感情，只是没有十足的把握。

为了证明他的猜测,他曾耍过一个小聪明。

时间回到两年前的夏天,他拿到录取通知书后,拨通了叶怡薇的号码。他谎称打不通叶亦晖的电话,向她透露,他即将去F大的事,还让她转告她哥哥。

她的声音有些发抖:"F大,是在D市的那所大学?"

他应声:"是的,如果你感兴趣,欢迎你来找我玩。"

他就像玩"俄罗斯方块"那样,悄悄布下一步棋,等着她来。

她果然来了,与夏天一同,翩然而至。

让灵魂留在原点，向上面书写"我爱你"

01

我叫小海，我是个文青。文青当然得去旅行，我决定跟团游。

我的同伴中，有一对老夫妇和他们的孩子、五个结伴出游的太太、八九个小白领。我们一起翻山越岭，走了一千多公里。

而今，文青臭了大街，在西藏、厦门、丽江，某些文青的口袋里没钱，但仍能四处游荡，一路邂逅，不招人待见。

我原本想，在背包里装满洗漱用品，脚上穿着越脏越有说服力的帆布鞋，头发又长又飘逸，着一身棉布裙子，一个人独自出发，潇洒地走完一段路，谈一段快餐式恋爱。不过凡事都有例外，你没见过白乌鸦，但不表示白乌鸦不存在。

我们的导游叫丁启，他年纪轻轻，会讲三种语言，分别是粤语、陕西方言和普通话，只要讲解得激动，就会串线，逗得大家哈哈大笑。

这趟旅程从西安出发，我们看了兵马俑，游历了华山，又折返前往了最美的国家森林公园和大峡谷。

旅途漫长。车里唯一的小男孩向大家展示了玩魔方的技巧，他只用了两三秒就转好了全部色块。看完他的表演，我觉得他是个天才。

02

我号召车上的人一起鼓掌,小男孩一脸得意。我求他教我,小男孩一口答应。山路颠簸,树枝剐得车窗"哗哗"响,小男孩的爸妈吃得很饱,没一会儿就瞌睡了。

我百无聊赖,便跟小男孩攀谈起来:"你怎么学会这个本事的啊?"

"我爸帮我报名的,有个培训班呢!"

"你爸真好玩,是做什么的啊?"

"我爸是老师,我妈也是。他们在北京大学。"

哎呀,难怪他这么厉害呢。

我换了个话题,继续问:"你喜欢丁导吗?我不喜欢他。"

小男孩说:"我也是。"

我问:"为什么?"

"他太矮了。"男孩说。

我忍了半天,还是笑出了声。

这个答案天真无邪,无可辩驳。说真的,这个十来岁的小男孩都快超过丁启的肩膀了。

仔细想想,不喜欢一个人真的很简单。小时候,隔壁桌的男生在午睡时总流口水;大学时,讲台上的教授偏好抖腿;同宿舍的女孩睡觉前不刷牙。见到这些让我无法忍受的人,我都是能躲多远就躲多远。

那我的理由呢?

旅行久了,你会对什么都腻烦。好山好水令人烦躁,看云看人一样无聊。我们的车停在半山腰。夏天的天气说变就变,突然下雨了。

一开始是小雨,我们还哼着改编的歌,期待着山顶的风景。很快,雨就变大了,前方视野一片朦胧,地滑难走。小男孩的父亲起身大喊:"下雨走山路太危险了,大家都下车吧,让司机倒回去。"

旅行事小,保命要紧。我们纷纷赞同他的话,于是司机挂挡、停火,让车上的人跑出去。

带伞的人不多,我飞快地冲到一棵树下,肩膀还是湿了。司机小心翼翼地掉头,丁启帮忙看路。经过我的时候,他顺手把他戴的帽子盖在了我的头上。帽子宽大、实用,形同一把小小的伞。这一路嘴巴"噼里啪啦"不休息的太太们,顿时兴奋了,眼睛发出亮光,群起围攻:"哎哟,还不快到一起来。"

我闷头笑着,抓紧帽子,放弃反抗。

03

之后,我们在一起了。

我没回家,也没去别的地方,就在回民街附近的一家青年小旅店做了前台,我做得挺开心的。

每隔几天,丁启就会回来和我碰头。我做奶茶给他喝,用真正的好茶叶煮,加真正的进口好牛奶。

同时,我听他讲各种奇葩游客的故事。

比如,有个大叔爱吃花生,吃完就没完没了地放屁,最后他主动提出坐司机旁边,这样能有效预防司机打盹儿,从而提高大家的出行安全。

还有个大姐,逛峡谷时东摸西摸,结果她被大黄蜂蜇了,手掌肿得像猪蹄。当时丁启把她背上缆车,送到了山下的医院。

丁启虽然人矮,但他还是背了这个大姐。用小时候写作文的套路来说,他在我心中的形象立刻高大起来。内高外矮,也挺有意思。

我们为什么在一起了呢?大概是因为那些太太们反复起哄吧。

我在奶茶里放了很少的糖,这样才健康。搭配奶茶的是炒饭,除了放"老干妈"的豆豉、火腿丁、鸡蛋之外,还要放很多蔬菜。

平时，导游带团都是独自吃饭，他们吃的是温火菜，完全比不上我做的热乎乎的炒饭。

丁启每次吃完必点赞，我也照单全收他的赞美。

04

闲着时，我做点手工，重新布置一下旅店的吧台。原先的摆设太硬气了，这样怎么能讨好文青们呢？

动物小挂件、绿色植物、顶楼养两只兔子、前台摆一头暹罗大猫，所有乱七八糟的书都更换一遍，要有诗、有游记绘本，还要有小说和散文。

平时，再组织一点小活动，比如读书会。当然了，大部分的读书会会演变成相亲和约会角。我讨厌孤独，也不想看见别人孤独。

我不敢说客似云来，但能保证在老板来视察店铺、看着财务做好的报表时，有一个比较开心的笑脸。

如果我想长期做下去，那是完全没问题的。

05

门口被秋天的落叶铺满，某一天，暮色笼罩，丁启把炒饭吃净，咬着吸管，用一种奇怪的眼神看我。

"别看了，再看我就娶了你。"我假装收拾餐具的时候说。

"我觉得吧，你这个妹子气质文艺、手工不错、还会炒饭，那就成交吧。"丁启的眼睛闪亮，他总是能说会道、声音温柔。

他说他的，我没搭理。

他继续说下去："不过你别急，等我带完欧洲团回来，就能正正经经地'嫁'给你了。完成这种大单，我一个月赚的就够吃一年了。然后，我就只给你一个人当导游。"

未来被他形容得很浪漫。

吃饱喝好后,丁启睡着了。

我来不及告诉他,变身后的小店很受大家欢迎,老板让我做了副店长。我替他戴上眼罩,让他好好睡觉,我继续看店。柠檬黄的灯光下,我觉得矮个子男生也挺好。一切都很好,一切都很美。

我心里想着:希望你能快点从欧洲回来。

06

月亮最圆的那天晚上,我算着时差,想着丁启在欧洲陪一群上了年纪的有钱的太太在做什么,是在聚餐呢,还是在购物呢?是把某个老姐姐逗得没完没了地笑,还是赚了点小费?

此刻没什么顾客,我百无聊赖地玩着手机,并让另外那个服务生提前下班,这样他就可以去见女友了。君子成人之美,既然有机会,那我便要做一个女君子。

十点左右,一个三十多岁的男人走进了旅店的院子,他穿着橙色的防水户外装,看上去极洒脱、有型,就像一头猎豹。

他点了一小杯杜松子酒,一边喝,一边问:"月光真亮,其他人都在过节呢,你就一个人吗?"

"是的,我一个人。"

"孤独吗?"

"你说呢?"

男人抓着杯子,又开口说:"你当然孤独。"

"所以呢?你不也是一个人。"

"我喜欢一个人到处走走,不如我陪你到打烊吧!"这男人说。他的脸很有棱角,似乎有点混血的样子。我承认,我真的没有和这样的男人说过话。

此时此刻,他整个人就像一个惊叹号。

"惊叹号"涌出强烈的身体语言——看着我,看我的眼睛,你的心跳加快了吗?呼吸急促了吗?荷尔蒙飙升了吗?

估计很多女生都见识过这种简洁又强势的魅力吧!

我拽了一下柜子下的猫,它惨叫一声,冲出柜台,那个男人被吓了一跳。然后,他哈哈大笑。

氛围被打破,烟消云散。

我松了一口气。

07

到了打烊的时候,他忽然提出:"要一间房。"

"客满了。"我实话实说。月圆之夜,情侣们把所有房间都霸占了。

"能不能借宿啊?就在这个院子里。"

"就在这个院子里?"我重复了一遍他的话。

"对,你不想让我露宿街头吧。"

我说:"好吧。"

男人似笑非笑,轻拍我的肩膀,"睡袋有吗?也借一个。"我想了想,旅馆的确备有睡袋,便找出来给他了。

半夜,我听见了敲门声,不急不缓,但我并没有理会,翻了个身继续睡。野兽不是吃素的,它是会吃人的。如果不想被吃掉,那最好乖乖待在自己的床上。

天亮的时候,院子的门被人关好了,吧台上放着一张钱。如果他是天底下无数的乌鸦之一,那肯定也是只灰色的,没那么黑,但是也不白。敲不开门,就罢了。

他不是吃素的，但还是很有风度的。

我突然不开心了，成双成对来开房的青年男女们陆续来退房，不过他们并不都是成双成对离开的。这些人里面，只有一小部分是真正的情侣，手拉手或者搂抱着一起走的。

我想起我的丁启，他是一个导游，有一点萌，甚至算可爱，恐怕也容易遇到有点随便、热爱旅行的女文青吧。在他这几年的职业生涯中，他是老实的吗？

会吗？不会吗？

谁能知道呢。

我有点惆怅。

08

那个晚上，吃完炒饭，喝完奶茶，睡着的丁启估计做了一个不错的梦，脸上微微露出温暖的笑意。

当时的我很快乐，仔细看着他的脑袋。

当导游会奔走太久，定型水都失效了，他的短发从竖立张扬变得柔软顺服地伏在额头上。当时睡着的他，就像个年幼的男孩。

我记得和那个转魔方的小男孩聊天时，我说我不喜欢丁启，那是在他给我帽子遮雨之前。

世界上，没有无缘无故的喜欢，也没有无缘无故的讨厌。

第一次相遇，是小个子的丁启来机场接我们旅行团时。当时，他说："我看你像文青呀。"我回答："我看你也像。"我们相视一笑，带着点轻蔑。然而，在路上，丁启对我和其他队员一视同仁，我很不乐意。

我讨厌他，因为我喜欢他。

我想，丁启从欧洲回来之后，应该找不到我了，因为我回家了。

在等公交车去机场时，天空乌云密布，突然下起了大雨，我没有带伞，也没有去买一把，因为我戴着丁启给我的帽子。

09

回家之后的天气越来越凉，我收到了一个包裹，拆开一看，装着各色小吃和一封信。信里写的什么呢？我真的很好奇。

他是做导游的，估计什么时候偷偷保留了我的家庭信息。

丁启的信我没打开，丢了。小吃分给了新同事们吃。

写信有用的话，何必见面？

我确定，跟我搭档的那个前台柜员是个白眼狼，他就是丁启买通的眼线。而我，还一番好意地成全白眼狼早点下班找女友。

丁启收到的情报肯定不完整。我喜欢旅行，喜欢帮助人，但这不代表我留宿客人就会发生什么。

至于那个男人，十之八九变成了丁启的眼中钉、肉中刺。

我还能想象到，白眼狼继续在店里做事，把我的故事讲给所有热爱八卦的人听。这世上不分男女，人人都有一颗八卦的心。

越是传得声名狼藉，丁启就越是纠结。

问题是，生活本身又不是狗血剧，天知地知，你不相信我，我就以死证明清白？

我没生气，只是有点哀伤。人与人之间，相处起来真不容易。爱是热衷、是甘美，爱也是怀疑、是摧毁、是冷处理。

深爱过，却不一定能一直在一起。

再见了，我的导游先生。

10

一段时间之后，在马路边，有人跟我打招呼："你好啊，蒋小海同学，好久不见。"

其实也没多久，个把月不到吧。

我笑眯眯地看着那个冲我打招呼的人。

他的胸前戴着工作牌，我看清楚了上面的文字，他的公司和我的公司在同一座写字楼里。

"你不在西安做导游了吗？"我问。

"嗯，换一个城市，重新开始啦！就在你楼下。"丁启回答。

"很好，加油哦！"我尽量虚伪、客套。

丁启道歉："喂，对不起，那个事情，我担心你是那种随随便便的女孩。"

"我是挺随随便便的那种啊，怎么办呢？"我抬头看天，撇嘴，又翻了一个白眼。可惜的是，我在追求文艺的路上走得太浅，白眼没翻成功，变成了一个滑稽的鬼脸。

丁启大笑，又说："想不到你还会卖萌。"

"我卖的萌，你要买？"

"想买。我必须和你在一起，不管怎么样。"

他的意思，我懂。不过，能否在一起不是他一个人说了算的事。

我叹了一口气。

我其实仍然很喜欢他，他也又重新找到我。

我终于反问了他："你觉得我会答应和你在一起吗？"

他总算又紧张起来，点了点头，又摇了摇头。

我要说什么呢，我就说一句话吧："对不起，我们重新开始吧。"

世上的规律又变简单了。所有关于男女的劣迹传说，都低于爱情本身。所有声名狼藉的爱情，都是当事人自己的事，和别人没关。

牛肉给了火锅滋味，但忘了萝卜的回甘

01

谢南消失的那天，我仍然从超市里买回了大块的新鲜牛肉和萝卜。他是北方人，喜欢吃火锅，所以我经常为他做火锅。在冬天寒冷的时候，汤好味美的牛肉火锅能帮人抵御大部分的冷意。我没有带钥匙，所以我只能叫门，喊到嗓子没了力气，半点回音也没有。最后，我找来了开锁师傅帮我开门。

我炖了牛肉火锅，那么大分量的牛肉、红红白白的萝卜块，被我统统吃干净了，连汤也不剩。电视里，被抛弃的女主角狂哭不止，我看着她，有些哑然。我的样子，是没有半点深爱过的痕迹。

我们住在一起五个月，现在一切骤然停止，毫无预兆。

在谢南离去的第二天，我发布了寻租启事。在网上公布了电话，最后约见的是一个女孩。我已经不想见到男人了，任何一个男人都会让我想起谢南。我必须尽快痊愈，把这段感情忘掉。

他不告而别，如此决绝，那么，对他来说，自然有比我更加重要的人了。我恨他，因此要更加坚强。所以，我迅速找人分担房租。

打开门的时候，夏秦的样子让我惊讶了一下。这个比我小两岁的女孩的样子很精致，但眼神却透露着憔悴。她张口就说："有吃的没？我饿了！"

"有。很多。"我说。

看着她面前空了的数个大盘子,我耐心地问:"饱了没?还要不要?"她说:"饱了,谢谢松姐。"我起身要收拾碗筷,她赶紧抢先,说道:"该我来做,松姐你辛苦了啊!"你看,现在的女孩嘴都很甜,知道好歹。

她也是唯一一个干脆地答应不带男伴来过夜的求房者。把另外一个空房间租给这样的女孩,我放心。

02

几天后的一个晚上,我接起电话听见那头的声音后,我一言不发。这是谢南打来的,他连连说"对不起"。我并没有开腔。对不起有意思吗?都把我撇下了。

接着,谢南解释道:"宝松,我没有办法,如果我不回去,她就会自杀……"

我仍然无话。事到如今,你究竟想做什么?你又能做什么来弥补我?谢南继续说的那些,我一概当作秋风落叶。直到他闭嘴,我说:"说完了吗?那再见吧!"

我不原谅他,因为我还爱着他。

回到客厅,我把柜子里所有的红酒拿了出来。就着红酒,听着林忆莲的《时光本是无罪》。红酒的芬芳气味吞咽入喉,一如万千细针。很快,我就醉了。

醒来,地面已是收拾过的痕迹,空气中满是空气清新剂的味道。也就是说,我呕吐过。越是掩盖这种举动,就越是加倍提醒着事情的存在。我苦笑了。

夏秦从厨房出来,手上端着一杯热茶。她的短裙上,尚有污物。现在轮到我说"谢谢"。世道变迁,男人的肩膀不可依靠,不如一个同租的女孩。

我开始话多了,我说:"难道我就不会玩自杀吗?难道对于一个男人来说,为了道义就得牺牲爱情?牺牲我!"这样说着,我的眼泪汹涌而出。夏秦的表情却似笑非笑,叹了口气,她只在中间掺杂了一声"大姐",除此之外,她只有不断地递纸巾的份儿。

已近凌晨,我发泄一通后累了,便说:"我回房间了。"夏秦唤我,问道:"宝松姐明天想吃什么?我去买菜。喜欢吃芹菜吗?听说可以平缓情绪。"

芹菜?我从牙缝挤出三个字:"不喜欢。"

那个女人据说是谢南的初恋,但谢南后来真的不喜欢她了,可她偏偏还纠缠不休。她叫罗芹,所以,我连带憎恨芹菜。

某一个周末,夏秦帮我清理屋子,问我:"那些男士用品还要吗?"

她说的那些,是谢南穿过的鞋子、用过的香皂、戴过的围巾……我犹豫了。

夏秦又问:"还要吗?"

我说:"都放到阳台的大箱子里吧!"

03

夏秦每天按时上下班,我从没问过她做的是什么工作。同一屋檐,陌路相遇,给对方空间就是给自己舒服。

夏秦很老实,但楼上却不能够保证。

楼上的必定是热恋中的情侣,夜晚的声音嘈杂。隔日天亮,我和夏秦见面,彼此相视而笑。我们笑对方红肿着的眼睛。夏秦说:"要不,找物业投诉?"

我说:"怎么说理由呢?难道投诉人家半夜施工啊?"这个玩笑还不

错，我们两个守身如玉的女人顿时化解了尴尬。良久，早餐过半，我说："小秦，你要是想带男友来，请先给我订一个自助餐，东西要很好吃才行，这样我吃的时间才能够长。"

她也许被我这次突如其来的宽大感动了，抬起头，微微红着脸，说："谢了。"

末了，我还是啰唆了一句："不过，男人一定要盯紧点，说不定哪天就蒸发了，等你连人都见不到了，他才告诉你缘由。"

我这样说，不过是又想起了谢南，我的心仍在痛着。旧日愉悦，如繁花开在春天，相对聆听呼吸，我连他的鼻息的深浅节奏都了如指掌，但却无法掌控他的心。若是以后再找，还是选年轻、稚嫩的男生吧。自己当他人的初恋，少受伤。

我狠狠地告诫自己。

04

"你相信我，好不好？"夏秦抱着手机，几乎是在哭诉。远远地，我生出怜悯：这丫头，唉，只怕也是情路坎坷。天底下的女人，除了被感情折磨，还能有什么其他的呢！

希望她妥善解决吧，不似我这般委屈。

人的感情，日夜生息。相处久了，我已视她为妹妹。饮食起居，多了一分照顾。她也投桃报李，越发乖巧，陪我解闷。我自然也盼望她好。

此刻，她和情人之间存在纠葛，我不好在场，便识趣地出了门，找借口说去买点茶水饮料放冰箱里备着。

路上逛游半日，人群热闹，多半两两相伴，迎面而来，分外伤神。看了一眼商店里的时钟，算算时间，料想夏秦的电话也该结束了，我便往回走。上楼梯时，我的心脏急促跳动，似有什么征兆。

才回到门口，门却自己开了，出来一个男人，猛一照面，这不是谢南吗？

谢南飞奔而下。在楼梯转角处，他看了我一眼，然后他的身影就逃出了我的视线。夏秦追赶出来，喊道："你给我站住！"可她却一眼看见了我，愣在原地。

我犹如傻瓜，我的困惑如纠缠的一团麻。一条线，被慢慢地牵扯出来，我忍着眼泪，说道："你，认识他？"

夏秦急着说："是。但你听我说，我和他没关系！"

我打断她："你就告诉我，你究竟叫什么？"

"我姓罗，但我不是罗芹。"

05

处心积虑来到我身边的夏秦，姓罗，但不是罗芹。我和她坐在房间里，不知该怎么开始对话。

我又陷入默然。耳朵里，是夏秦……不，是关于罗欣的来龙去脉。

她的姐姐罗芹重遇初恋情人，爱火复燃。她的初恋情人就是谢南。往返相邻两个城市的谢南，享受着两份"独立"的爱情。是呀！不过一个半小时的车程，在市区内往返也有这样的距离。而我，居然丝毫没有察觉和怀疑。

谢南对罗芹说，他一时间无法跟我说分手，因为我是一个脆弱又固执的女人。罗芹每隔一段时间，就强调："赶紧和她分手。"

每次，谢南都是垂头丧气地说："我没和她分成，因为很艰难，她要死要活的，甚至把自己的手腕当小提琴一样拉。"是的，多么巧妙的一个比喻。

既然我以死威胁，那么，自然就难以分手。罗芹也无可奈何，她自然也不敢来与我当面对峙,生怕更加刺激到我,那样的后果会不堪设想。

看在眼里的是罗欣,她受不了自己的亲姐姐被爱情折磨。谢南不能摆脱我,姐姐不好当面斗争,她这个妹妹便来了。

可惜,一个好端端的卧底发觉真相后,觉得现实格外残酷。

罗欣发现,谢南对我同样"编织"了一个谎言——罗芹动不动就以自杀要挟他。罗欣还发现,我是另一个可怜的女人,别说自杀威胁了,就连灌醉自己也就那么一次。

06

关于谢南。我们初次见面,是在大学的诗歌朗诵会散场后。他的才气,让我心动。毕业之后,一直延续至今。

他从没提过曾经的初恋,我也从没有追究过。人有过往,我认为是可以谅解的。但是,我疏忽了一点,只有已经妥善完结的、当事人郑重收藏的记忆,才可以被忽视。

他与初恋的分别,是因为外界的干扰,而不是情意的消亡。就像冬天暖炉里的木炭那样温度不散,只要遇到时机,他们的爱情火苗就会再现。

我又拨打了谢南的手机,距离他不辞而别已经有三个月了。

他接听了。

我依旧一言不发。

我在等,不是等他的解释,而是等他的选择。

07

时光本是无罪的。那有罪的究竟是谁?我觉得不是谢南。在他奔跑下楼、逃离现场的那一刻,在楼梯拐角处,他泪眼婆娑。这么多年,我第一次看见我心爱的男人面带泪水。为此,我确信他不是两头游戏、穿梭花间、左右逢源。我信他是白玫瑰与红玫瑰都难割舍。

男人为什么可以同时对两个女人都无法放手？

我想起许多年前看过的一个说法——一个人一生有很多次最爱，就像起笔写的情书，一行说完，又起一行，每一行都有"最"字开头的词。在不同的人身上，可以发生许多次最爱。

我，是他的情书里第二行中最钟爱的宝松。

林忆莲唱的歌词，深情款款："过去是养活我的水，爱里共你埋头安睡，心意日夜追随，从来没疑虑。我知道天天抱着谁，最爱是贴着你身躯，最痛是发现你恐惧。当这滴着泪的信，念到这一句，然后就被寂寞占据……"

谢南的回答，我未容他说出。

我抢先说出："如果你们结婚，请一定不要给我喜帖；如果你们白头，请一定不要对我言谢；如果你选择了她，请一定不要对我道歉。因为你选择她，那么，必定是不够爱我。"

然后我关机了。

夏秦搬走了，走的时候，她对我说："姐姐，我祝你幸福。"我看见了她的眼泪，也看见了自己的眼泪。我说："好走，代我问候你姐姐。"

我忘记告诉她，我喜欢她叫夏秦，胜过罗欣。这三个月来，我只认那个当作妹妹的女孩夏秦。

接下来，我去旅行了，没有告诉任何人。

08

我到的地方，也带着寂静之味。那里的天很蓝。晚间，我吃了很多美食。那里的烤鱼，抚慰了我失去谢南之后胡乱对付而委屈的胃。

所有发到手机上的问候，我一律回答："我很好，不用惦记。"

两个月后，我回家了。

站在门口，我没有忙着找钥匙。我重复了一句："我很好，不用惦记。"

我放下东西，出门拿信报箱里的东西，两个月不在家，竟只有一封信。

我又重复了一句："我很好，不用惦记。"

信上写着："宝松姐，对不起，我骗了你。我不想再靠威胁挽回他了。"署名是罗芹。

是的，威胁，终归是挽不回心的。

我看了一眼门口，再度重复了一遍："我很好，不用惦记。"

有一个男人坐在我的门口，不知道他坐多久了，见到我居然两眼放光。他用熟悉的口吻说："不管你好还是不好，我都会惦记着。"

我又沉默了，时光就这样慢慢过去。到如今，谁都是无罪的了。我们先原谅了别人，然后原谅了自己。谢南的确捏造过我也以自杀威胁他的谎言。不过，那只是无奈的下策。

答案，也许就在此中。

谢南为了我会骗她。

谢南没有为了她而骗我。

对谁情深？

一百五十日，五个月。

我说："既然这样，那就进来吧！我带了牛肉回来，我们一起吃吧。"我疑心自己是不是小女人情怀发作，竟然流出了眼泪。

这个叫谢南的男人，欢喜之余，已经手忙脚乱地找纸巾了。

白刃保护暗恋的心，也伪装了自己的懵懂

01

念久在小镇街头的店里买了两把白色裁纸刀。当时黄昏渐逝，光线幽暗。夏天的夜，闷热无比。溪流边的篝火燃烧不止，火光耀眼通红。眼前的场景，在她的脑海里映出一片鲜艳。玩乐尽兴的人们彻夜不眠，醉了酒、困倦欲睡的自觉退后，退到村寨后面，走进山间的民宿、小旅馆。

后来，念久还会梦见从远处传来的潺潺的流水声，听得催眠又失眠。

02

大学毕业后，找了工作的念久每天按时上下班。下班以后，她总去附近的超市买一条鱼。她会让卖鱼的师傅帮忙杀鱼，师傅杀好鱼，会把鱼块包装好，从水箱旁边递出来。念久还会要求师傅把鱼鳞、鱼鳃之类的也打包给她。在鱼的做法上，念久有时候红烧，有时候清蒸，有时候做丸子，但更多时候是干煸。

家里的猫一天只吃一顿饭，每次它都能美美饱餐一顿。

在一个感冒休假的下午，念久才搞清楚，为什么像她这样养猫，猫居然还不瘦。

灵巧地跳跃过窗户，顺着晾衣竿飞纵而下，猫熟练地凑向那只花花绿绿的搪瓷盆子。

偷偷喂猫的男人瞥了一眼念久，转身回房。

念久意识到她被轻视、鄙视了。逆光的角度，她没法看清楚那个男人的完整模样。但模糊中，她有一种奇异的感觉。

于是，念久隔空喊话："我的猫，你凭什么喂呀？养这么胖，你知不知道对它的健康不好呀？"

隔空回话的声音很没脾气："有些人没条件养猫，又硬要养。那么怕寂寞，就找个男友啊！养猫解决不了根本问题的。"念久语塞了一下，反手打猫，猫"喵"了一声，蹿向高处。

回话的时候，男人端着一个大汤碗，拿着不锈钢汤匙，"哧溜哧溜"地又吃又喝。这男人还冲着猫展开引诱："喂，煮得又香又烂又甜的山东大花生，想吃吗？"

猫可不是狗，忠诚可当不了饭吃。那货飞奔而去，张嘴就吃，跟男人混得一片融洽。

一瞬间，念久想起了她买的那把裁纸刀。

03

友历、念久、折折、宝宇，两男两女，睡在小镇的那个晚上，一切复杂又简单。四个头脑热血又青春无畏的大学生，在豆瓣上发起了外省游。他们的出行计划履行得非常顺利，顺利地碰头后，他们乘车一起抵达目的地，游玩于溪涧和木楼之间。每个人都吃了很辣的食物，还喝了当地的米酒。在保证安全的情况下，房费被分摊到了最低。念久买了两把裁纸刀，一把塞在自己的枕头下，一把给了折折。折折边笑边试验，报纸遇刃而裂，这个看起来很傻、很天真的女生就惊叹地叫喊道："好锋利啊！"

不过到了半夜，念久被身旁的动静吵醒，她装睡，眯缝着眼睛，看见折折扬手将裁纸刀抛到窗外，折折跟宝宇抱在一起。折折还冲着坐起身的友历说:"你别乱来,念久有刀的,不像我。"友历就笑骂一句:"就你刚才丢的那种刀?那可不管用。"念久翻了个身,抓紧裁纸刀。她是偷偷地把刀给折折的,但折折出卖了她。过度的信任,变成了真正的天真。念久后悔自己轻信了折折。

念久在友历靠近她的时候,挥了一下手臂。之后,友历用光了一盒创可贴,每个人都默不作声。天微微亮,念久第一个出了房间,离开了他们。

这次事件,让念久收获了一个对男性认知的经验。他们很急,真的急,像是饿坏了的猫,一旦遇到食物就迫不及待,闹腾着,想要扑上去。

后来念久正式交往了一个男人,好不容易住到了一起后,男人很好奇地问念久:"你干吗总带着一把生锈的裁纸刀?"

念久笑着解释:"是这样的,我喜欢你,愿意跟你亲热。但是呢,我不想的时候,你可不能任性。"

后来,这个男人的胳膊像打着补丁一样被包扎了很多次,他满腹怨气,最终和念久分手了。男人受到了惊吓,到处和人乱说。人遇到超出想象的事情后,就会变得乱糟糟的。

总之,念久的名声就变得好笑又恐怖了。就像《大话西游》里的春三十娘的话——"桃花过处,寸草不生。"念久也拥有了同等"待遇"的说辞——"小刀过处,小命不保。"传闻总是添油加醋,变本加厉。

该怎么说呢?念久第一次的挥刀,真的是惊慌中的自保而已。当时她脑袋里也没有过滤什么想法,纯粹是出于生物本能的戒备之心、警惕之心。而第二次,她就好像开戒的出家人,干脆大啖神仙肉。

第三次,是念久晚上出去买碗面,遇到拦路的劫匪,她挥刀吓跑了那个装腔作势的胆小鬼。是的,她可以自己保护自己。

那男人说得对,她养猫当然是因为讨厌寂寞。

这几年她没敢再找男友，男人也不敢找她。

命运真邪恶。

04

念久的猫拥有了那个男人的专属照料，念久不再付房东房租，她搬到了男人的家里。

搭讪有千百种花样，结果只有两种。念久像个心思凝重的小孩子，紧盯着这个男人。这个男人与她一起完成同居生活，他们喂猫、吃饭、上班、接吻、拥抱。有时候，男人回头望向念久，像在观察一棵果树到底怎么成长、怎么开花、怎么结出果实。

念久仿佛在期待，偏偏她的期待一直落空。可这样的落空，并没有让她难过。

她携带的裁纸刀略为陈旧，刻度分明，尚有七成新，廉价但实用。念久还是没能用上它，因为念久没遇到那种觉得勉强不开心的时刻。这个男人对她很好，嘴挺贫的，但君子动口不动手。如果动手动脚了，那也是念久心甘情愿、两情相悦。

　　至于猫，它的作息饮食日渐规律，越发一脸福气。念久的时间，忽然变得充裕了。她开始有闲心给猫拍照，然后发到网上跟人分享。在镜头里，猫被迫扮演各种角色，摆出各种姿势，然后赢得一片追捧。

　　裁纸刀本来的功能，其实也没有荒废。拆信、拆快递包裹，念久手起刀落，干脆利索地划破、割开。包裹得再扎实、严密，也能轻易地分解开。念久的刀法越发精湛，绝对能排进高手队列。

　　她跟这个男人住在一起满一周年的时候，念久收拾垃圾，裁纸刀用久了，钝了，于是被她扔掉了。不知道为什么，她有一点点难舍的惋惜。

　　扔掉之后的一个周末，念久再见到故人。

　　周末，他们一起散步时，念久认出了卖化妆品的折折。折折在人群里分辨出他们，然后露出大惊小怪的神态，她困惑地质问："你们、你们怎么会在一起？友历，你不怕吗？"

　　"怕，当然怕，是个男人都怕。"友历怪笑了一下。

05

　　一个男孩被锋利的刀划过，留下疤痕后，怎么会不怕？怕得要死。他低头看看胸口，当年的场景真是惊心动魄。

　　年轻的友历真的喜欢当年相约同行的念久。他准备了告白，准备循序渐进地说出对念久的喜欢。但是，男孩容易被其他男孩影响。尤其是当他看见另外那对轻而易举就搂抱在一起的人。

真的，说是模仿也没什么不对。当折折象征性地拿出裁纸刀，对着宝宇投怀送抱时，友历的心里就像有一只着火的兔子在跳。

那种急促的心跳，证明了荷尔蒙在全力鼓舞他。

在荷尔蒙的鼓舞下，他猪油蒙了心，粗野、蛮横地凑近了念久。

06

世界上的事情常常像钻石，从不同的角度看，完全不一样。

站在女孩的角度，念久的表现和反应，合情合理。她只是给友历一个教训：你如果真的喜欢一个女孩，你即使再想得到她，你还是得尊重她。

念久没法告诉任何人，她在返程的路上是多么难过、多么茫然。怎么会这样呢？她自己也没想到自己会出手。

为什么她不能像折折那样呢？为什么呢？

也许有的女孩比较随便，但有的女孩相反。不能因为别人怎么样，你就怎么样。不管是先天基因，还是后天家教，总之，念久是一个认真的人。

她更加没想到的是，为此，她得承担一系列后续的麻烦，她度过了无数个可恨的日夜。

时间让男孩变成了熟男，重新出现在她面前。

时间也让念久开始反省。挥刀的确是一件很有快感的事，让人迷恋的快感是有魔力的。但可别忘记了，拿着裁纸刀的初衷是为了保护自己呀。

她难道要做一个像"独孤求败"那样的女刀客吗？

念久被自己这个滑稽的自嘲逗笑了。

她不愿意。

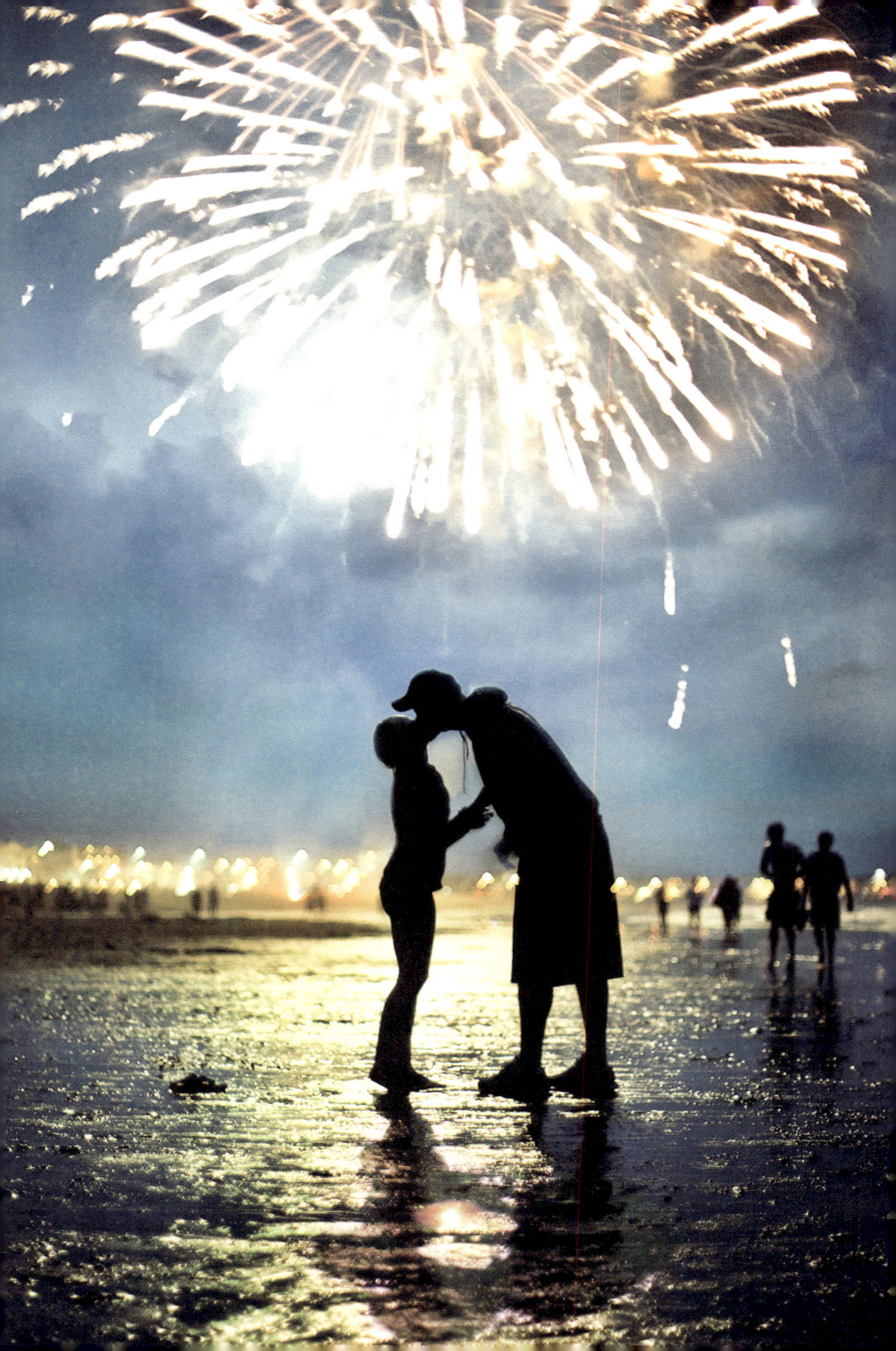

07

友历也没法告诉任何人，念久的那一刀，划破了他的薄T恤，以及胸口皮肤。

他不敢碰女生了。当他半年后试图接近又主动又顺从的女生时，他做了一些羞愧的事。很快，他把两件事联系起来，像搭积木一样，构成了详细的前因后果。这让年轻的他有了焦虑和畏惧。

他在念久那里有了阴影。他的良好外表，像个纸上谈兵的笑话。为此，他去咨询了心理咨询师。

大概他找的是一个水平不太高的咨询师，来来回回，很长一段时间的面谈之后，效果仍然不明显，友历便放弃治疗了。

不过，他在咨询师那里翻看了一些书。专业的书里，却有着通俗易懂的描述。比如面对、解决、放下。

念久毕业、求职，她成了单身女白领。

友历同样成了一个孤独的男白领。

严肃又痛苦地考虑再三，他决定面对自己的内心，不惜辞职。念久变成这样，他是最大的责任人。所以，友历带着触目惊心的回忆，又来找念久了。如今，要找到一个人，真是不难。甚至没有发动"人肉"，只是顺藤摸瓜地搜索一番，友历就搞清楚了念久的行踪。

出于"小心至上，安全第一"的原则，在喂猫事件之前，他观察了念久一段时间。

看着她买猫、喂猫、冒雨回家、自己做饭，身边空荡荡的。友历酝酿了足够久的勇气，终于发动了正面交锋。

在他们终于因为喂猫事件打了个久违的照面时，念久认出了友历。很多个为什么盘旋在念久的脑海里，就好像在这个城市里最大的湖面上，飞翔着无数只白鸥。但是她很快就想清楚了，她得原谅这个男人曾经的荷尔蒙冲动，也原谅自己当初的坚定、凌厉。否则，她就真的要变成"独孤求败"了，还是女版的。

"问世间，是否此山最高。或者另有高处比天高……论武功，俗世中不知哪个高，或者绝招同途异路……"

扔掉那把有形的裁纸刀，像个真正的高手，用无形之刀裁决心结。绳结迎风而散，化为尘埃。念久哼唱着，扬手打车回家。

高手也要吃饭。物价飞涨的年代，他们在超市买了很多打折菜，回家自己动手。友历下厨，念久洗碗。而他们的猫，在阳台眺望主人，等待着美味的晚餐。

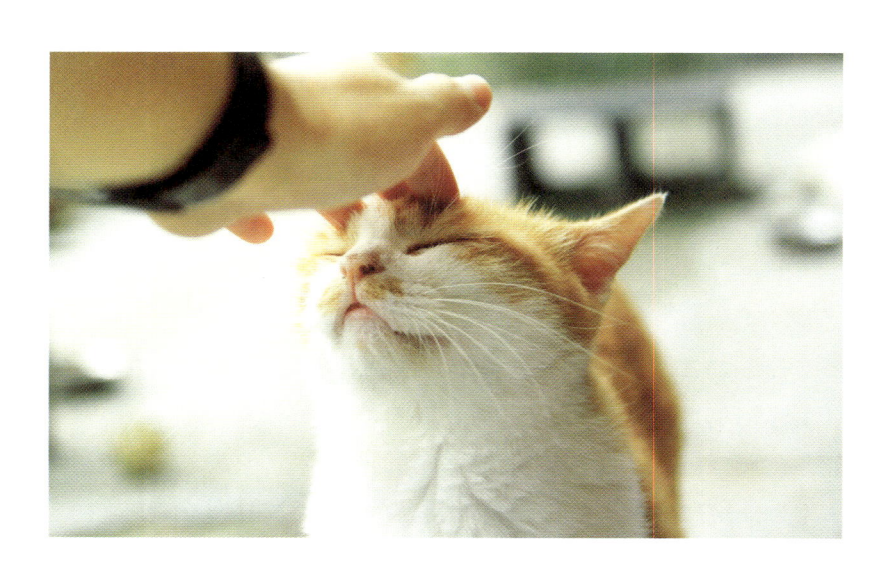

偷偷望一眼背影，游离于回忆之后

01

宋斯斯的鼻子很灵。

走在路上，她能根据风吹来的油烟味判断沿途的人家炒了什么菜。此外，任何花香味、水果味……只要是闻过的，她都记得很清楚。

她很少注意人身上的气味，直到遇见成海。

每所学校都有许多校规。为了防止学生食物中毒，市一中禁止走读生从校外带早餐进学校。即使校长一再强调注意食品安全，但还是有学生不听，他们拿雨伞或书包作为掩护，悄悄带早餐进来。

校门附近总有小贩骑着三轮车卖早餐，炒米粉或河粉，有股浓郁的大蒜味。走读生们起床晚了，赶不上吃早餐，都会图方便买一份。

每周两次，学生会会派人到各个教室突击检查，记录外带早餐的人。

宋斯斯这一队效率很高。她到教室门口闻一闻，就知道有没有学生违规，一抓一个准。

那天她去检查，抓到了一个女生。

同行的张远伸手要没收早餐，女生后桌的少年友好地笑了笑，然后说："她今天自行车坏了，来不及去学校吃早餐，不是故意违规，这次就网开一面嘛。"

窗外春光融融，少年美好如斯，他身上有淡淡的檀木香，宋斯斯对他挺有好感的。

张远是体育生，身高接近一米九，仿佛巨人，被他抓到的学生都不敢反抗他。

僵持片刻，张远先收了手。

宋斯斯走出教室，听林品婷说起，少年是某公司老板的小儿子，叫成海，上个月才转学过来。听说他和社会青年有来往，转学过来，是因为打群架被之前的学校开除了。

难怪张远那么快收手，他们都是本分的好学生，最怕得罪人。

可这世界上，无中生有的流言才最可怕。

宋斯斯想反驳：你又不是亲眼所见，怎么说得像真的一样？

但她没有，她不像成海，不会为他人打抱不平。

初中三年，她爸爸担任她所在班的班主任，每次同学们有什么违规行为被发现，大家都交头接耳，一口咬定是宋斯斯打小报告，即使她什么都没说过。

林品婷对成海的评论，让宋斯斯想起自己，因此，她加深了对他的好奇。

02

宋斯斯偶然发现，可以从教室后面的窗口看到成海的教室。

下课时，她总爱到窗台前，摆弄盆栽，透透气，顺便看看成海。

高一的男生们都挺稚嫩的，老在走廊里打闹。他们最爱的游戏，是粗暴而直接的力气较量——掰手腕。

成海力气不大，总是输，却屡败屡战。每一次，他都用力到青筋暴起，把白净俊美的脸弄得五官扭曲。

她好几次看得"扑哧"一声笑出来。同学好奇，她就说："我闻到炒辣椒的味道,打喷嚏呢。"

成海主动跟宋斯斯说话,是在月底的大扫除。

宋斯斯负责给高一的教室卫生打分。经过成海的教室,她正试图寻找他,不料身后传来声音:"学姐,你衣领上有蜘蛛网。"

辨出这个声音前,宋斯斯先闻到了那股檀香味。她回头,果然是成海。

林品婷进去检查课桌的摆放是否整齐,宋斯斯摸了半天,都没摸到蜘蛛网。

成海轻笑,将沾在她后颈的蜘蛛网取下来,他滚烫的指尖触到她的皮肤,让她泛起鸡皮疙瘩。

她耳根发红地说:"谢谢。"

"不客气。"

成海忽然问她:"学姐是不是经常看我?"

他发现了?宋斯斯正欲辩解,林品婷就走出来了,跟她说道:"扣五分,地上还有纸屑。"

宋斯斯匆匆忙忙记录下分数,走向下一个教室。

走到下一层楼,林品婷担忧地交代她:"你还是少和他打交道。"

宋斯斯笑笑,不说话。

她认为,这个气味清新、衣着整洁的少年,在生活上一定很讲究,不像是什么不良学生。

03

放月假时,宋斯斯帮数学老师改卷子,很晚才走出校门。

学生们早就走光了,校园空荡荡的。宋斯斯走到分岔路时,看到几个社会不良青年叼着烟,倚在电线杆下,还发出毛骨悚然的笑声。

经过他们时，烟味呛鼻，她没忍住咳嗽起来。

其中一个男生吹了口哨，轻佻地喊她："美女，过来玩嘛！"

宋斯斯拔腿就跑，担心他们追上来。

她后怕地回头，发现成海走向了那几个人。他们的目标是他。

少年个子挺高，但这几个社会不良青年的气焰更高，为首的胖小子恶狠狠地拽住他的衣领，说："你小子还想往哪儿跑？"

戴着口罩的宋斯斯，坐在巡警的摩托车后座赶到分岔路口，是几分钟后的事。

警灯闪烁，社会不良青年顾不上开战，拔腿就跑。

巡警放下宋斯斯，找成海问话，她先一步说道："那几个人……对我动手动脚，是他救了我。"

她很少撒谎，当时她的心脏几乎要从胸腔跳出来。

成海乖巧地说道："叔叔，我认识这位女同学，我送她回去，你快去追坏人吧。"

巡警斟酌一番，叮嘱他们注意安全后，就去追那群社会不良青年了。

摩托车绝尘而去，成海朝宋斯斯道谢："谢谢你，蒙面学姐。"

宋斯斯尴尬地摘下口罩。她遇到巡警后，慌忙地求助，说朋友被社会不良青年缠住了。她很是谨慎，生怕被那几个人记住脸，遭到报复，于是戴上了大扫除时的口罩。

"你没事就好……你怎么得罪那群人的？"

"他们在我原来的学校门口收保护费，被我阻止后，一直想报复我。不反抗暴力，就是助长暴力，我没法视而不见。"

"你转学也是因为这件事？"宋斯斯由衷地赞扬他，"你真勇敢。我要是你，看到同样的事情，即使心里觉得不对，也没勇气去救人。"

没收早餐的事，她觉得校长做得太过火，但还是乖乖地执行了。换作是眼前的少年，想必他会义正词严地拒绝。她真羡慕他的勇气。

路灯下，成海蓦地绽放出一个灿烂的笑容。

"怎么没勇气？你今晚不是救了我吗？"他似乎心情很好，问她，"你家在哪里？我送你回去。"

"不用了，我自己能回去，坐公交车就五站。"

成海径自往前走，说着："那可不行，我答应警察叔叔把你送到家的。其实，我也没那么好心。"他回头，路灯下笑得狡黠，"我只是想多跟学姐说说话，不行吗？"

那时候，宋斯斯还不知道"撩"是什么意思。

她跟男生说话时，多半是讨论题目。

成海的话，让她的脸通红。幸好天已黑，他看不见。

成海送宋斯斯回到她家所在的小区后，停下脚步，指着另一栋高耸的楼盘说："我家在那里。"

04

宋斯斯虽然是走读生，但她和班长一起保管教室的钥匙，必须比其他同学早到晚走。

月假结束，她照例六点出门，走到小区门口时，她意外地看到路灯下昏昏欲睡的成海。

她靠近的瞬间，他突然睁开眼。

看到她，他笑得开心："难怪我每天上学都遇不到你，你起得比我家的猫还早啊，学姐。"

宋斯斯疑惑地问他："你怎么在这里？"

"当然是——"他拖长音调，哈欠连天地公布答案，"为了跟你一起上学呀！"

没等他说完，宋斯斯拔腿就跑，"不跟你说了，公交车快到站了。"

少年慌忙地追了上来。

他们成功地追上了公交车。车上很空，成海紧挨着她坐下，立刻闭上眼。

"我五点起床等你，快困死啦，到站了叫我。"

宋斯斯看到司机回头打量他们，脸上火烧火燎的，生怕引人误会，她便挪到另一个位置上。

成海睁开一只眼，利索地起身，又紧挨着她坐下。

宋斯斯知道躲不开，只好拿出单词本开始背单词。

眼角余光里，成海低着头，睫毛一动不动，身上的檀香味让人心安。真是奇怪，他什么都没做，她的心跳却跳得越来越快。

公交车到站，她推了推少年，他睡眼惺忪地跟着她下车。

晨光熹微，校道上还空无一人，环卫工挥舞着扫把，宋斯斯快步往前走。

"学姐，你个子不高，怎么走得这么快？"

优等生的世界里，走路快、吃饭快，能节约很多时间学习，宋斯斯早就习惯如脚踩风火轮般地走路。

见她不说话，成海又说："看，木棉花开了。"他献宝似的递给她一朵还带着露水、刚从枝头脱落的火红色的木棉花，"送你了。"

他的手修长，花朵不过他掌心大小，却有宋斯斯的拳头那么大。她第一次注意到，少年的手原来比自己的大很多，似乎……挺可靠的。

她把花接过来，感受到花瓣微凉，还不忘说："谢谢。"

这一刻，她无法忽略心中的悸动。

好比荒芜的土地上，有种子发芽、破土而出，造成小小的、只有她自己清楚的震动。她意识到，这株幼苗可能会长成足以撼动她整颗心的参天大树。

这是不被允许的。

因为，她眼下的首要任务是高考。

05

此后，很长一段时间里，他们总是一起上学。

很多时候，都是成海在说话，讲限量的球鞋、流行音乐、校门口的流浪猫……他有无穷无尽的话题。宋斯斯很少应声。但是，他知道她在听，因为她偶尔会笑。

眨眼间，高二结束了。

高三开学后，宋斯斯以想专心复习为由，说服父母让她住校。

少了早起上学的时间，她跟成海的交集越来越少。宋斯斯试图说服自己，这没什么值得遗憾的。

她父母是教师，从小到大，她不止一次看到早恋的学生被退学。因此，她认定过早尝试爱情，只会打乱人生的节奏、自毁前途，还会让彼此遭遇不幸。

后来，她如愿考上一所重点大学，成为父母的骄傲。

宋斯斯大学读的专业是师范专业，将来，她想和父母一样，成为一名优秀的教师。虽然她平时的专业课很多，但她仍然会利用休息的时间去做家教，她想抓住每一次的实践机会。

有些人，无论到什么环境，始终改不掉老实本分的性格。

母校举办高考动员大会，校方邀请宋斯斯回去当嘉宾。

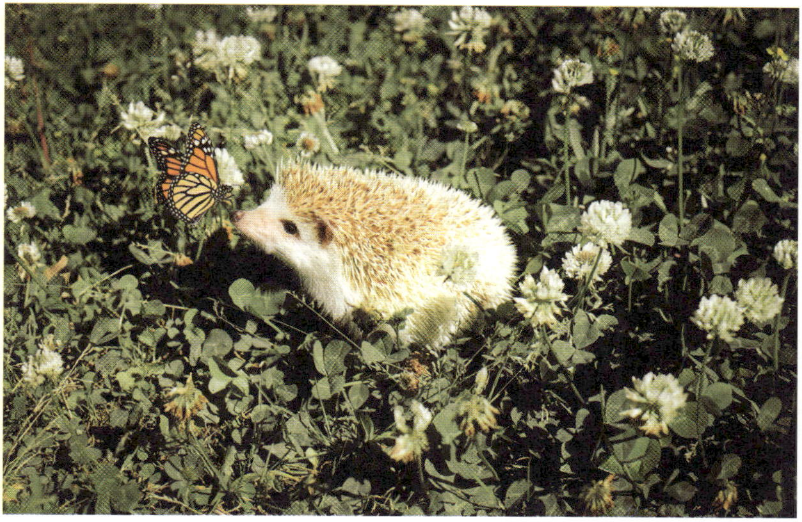

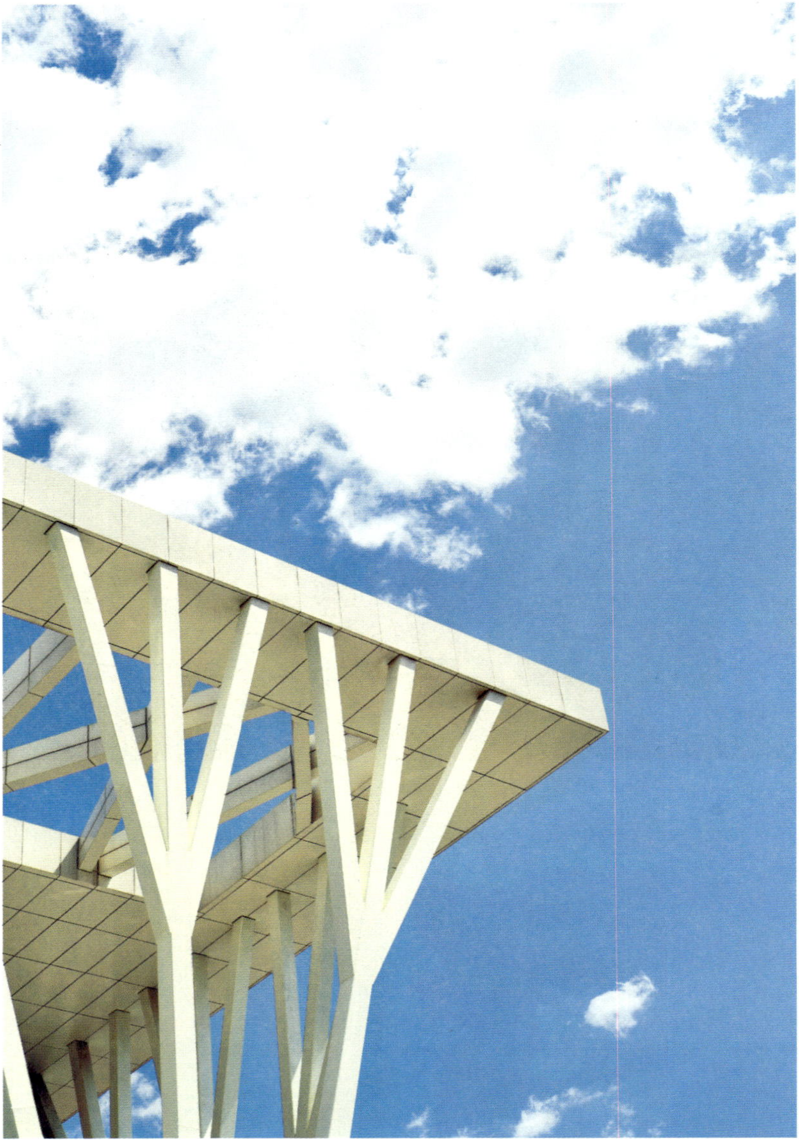

她尽量挑了一些大学里遇到的趣事来讲。当然，这些都只是她看到的，不是她亲身体验的。她演讲的效果很好，台下的学弟学妹们听得兴味盎然，眼里燃烧着对大学的向往。

她讲完后，不忘去拜访高中关照过她的恩师们。

经过高三的教学楼时，学生们在走廊里排队，轮流对着天空大喊出自己的志愿。受这热血一幕的感染，她停下脚步，看着学弟学妹们激情澎湃地喊出自己想去的大学。

轮到成海时，隔着几十米的距离，他看到了她，莞尔一笑。

他喊的是："我会去你的大学找你，你要等我！"

估计他周围的人都不知道，他这话是对站在绿化带边缘、看上去和其他局外人无异的宋斯斯说的。

她回了他一个淡淡的笑容，转身离去。

06

宋斯斯离开学校前，成海追了出来。

"学姐，刚才的话你都听见了吧？你还没回答我。"

他绕到她前面，张开双臂，挡住她的去路，逼着她回答。

宋斯斯打量着少年。她的心底，一直有一个不理智的声音叫嚣着想跟他在一起。

"为什么是我……你为什么选择我呢？"她没有说"喜欢"，只敢用"选择"这个词。

她存在感微弱，长相更不出众，究竟哪里值得他在意呢？

成海想了想，说："非要说理由的话，因为你肯定了我啊！"

每年暑假，成海都会回乡下的外婆家。有一年，暴雨导致水位上涨，成海和一群孩子拿着簸箕去打捞河虾，却掉进水里。同行的孩子们吓得要命，一溜烟回了家，他们都不敢告诉大人，怕被责骂。

还好，一位路过的大学生跳进湍急的水流，将他救下。

他崇拜那位英雄，所以在看到别人有困难时，他也会鼓起勇气出手相助。可他并没有得到所有人的认可，大部分人都怕他，让他怀疑他真的该坚持下去吗？

他被社会不良青年堵在校门口那次，宋斯斯急中生智，叫来巡警救了他。

"你肯定了我，让我觉得自己的努力并没有白费。"

宋斯斯闻着他身上淡淡的檀香味，她笑着说："我的回答是，我等你。"

然后，她看到成海露出如释重负的笑容，他紧紧牵住了她的手。

"我很快就来。"

07

接下来的一年，宋斯斯依旧过着中规中矩的生活。

她守着那个和成海的约定，仿佛守着一株幼苗，等待它开花结果。

她跟成海并没有任何联络，这是他要求的。

他说，思念能成为他的动力。等他来到她面前，他会把所有想说的话，一股脑儿告诉她；想和她一起做的事，一件件去实现。

高考分数出来后，宋斯斯打电话给高中的恩师，那位老师也是成海的班主任。

寒暄几句后，她旁敲侧击地问成海的成绩，比自己参加高考时还要紧张。

"怎么，你认识他？"老师的口气有些惋惜，告诉她，"那孩子没参加高考，他考试前为了救人，受了伤。他这一年进步很大，好几次月考都名列前茅，真是毁了……"

宋斯斯和老师结束通话后，匆忙回了家。

她不知道成海住哪一层，他曾经手指的楼盘，住着上百户人家。她守在楼下，打量着来往人潮。

接近傍晚时，他从她面前经过。

少年戴着棒球帽和口罩，他身上那股淡雅的檀香味，让宋斯斯一下子认出了他。

这一刻，她忽然想，她的鼻子这么灵敏，大概是为了让她能从人群里一下子辨别出对她而言特别的那个人。

"成海！"

听见她的声音，他顿住，突然拔腿就跑。

宋斯斯连忙追上他。她有种预感，如果追不上他，她很可能就此失去他。

她明明还没有拥有过他，却在害怕失去了。

她成功挤进电梯，成海低头盯着球鞋，背靠电梯壁，不敢看她。

她深呼吸，先他一步开口："你的事，我都听说了。"

他的声音隔着口罩，闷闷的："你是来同情我的？"

"我不认为你有多可怜，你做了正确的事，值得嘉奖。"她坚定地看着他，说，"我只是来告诉你，我会等你，一直等你。"

电梯门打开，她这才发现，他们谁都没按楼层，电梯一直在原地。

宋斯斯走出电梯。她除了这个约定，什么都不能为他做。

08

直到大学毕业，宋斯斯都没有等来成海。

她没有勇气追问他为何不来找她，有可能是他成绩不够，也有可能是他不喜欢她了。

他们之间的感情本就像一层薄薄的沙，即使用力去抓，仍会从指尖漏走。

宋斯斯回家乡那边的初中教书。她兢兢业业工作几年后，开始担任初三的班主任。

学生大都处于情窦初开的年纪，问题不断，很是让她头痛。

其中一个叫成煜的男生，总是惹得一群女生为他争风吃醋。

有一次，成煜逃课跟女生出去玩，宋斯斯愤怒地打电话给他的监护人，让监护人来学校面谈。

"老师好，我是成煜的堂兄，代替他父母来见您。"

宋斯斯打开门，门外站着成海。

宋斯斯知道成煜的父母都在国外工作，他寄住在伯父家，试图用叛逆换取父母的关注。她也知道，成海是成煜的堂兄，她用找家长做借口，想见成海一面。

她嗅到他身上熟悉的檀香味，也看到他左脸蔓延到下巴的一条十多厘米的烧伤疤痕。

宋斯斯一直没细想，为何她去找成海那天，他会戴着口罩；为何老师会说他"真是毁了"……这一刻，她全部明白了。

他是因为这道伤疤才没来找她吗？内心如是猜测，她却不敢问出口。

空气凝固几秒后，成海朝她微笑："宋老师好。"

宋斯斯将准备好的说辞忘得一干二净，成海很有风度，耐心地听着。

午休快结束时，他看了眼墙上的挂钟，站起来，说："我下午还有个重要的会议，小煜还小，我会好好监督他的。希望宋老师能网开一面，减轻对他的处罚。"

她失神地点头,说:"好……"

眼看他走出办公室,宋斯斯追了出去。

"成海!"她叫住他,"以后我可以找你吗?我想……多跟你说说话。"

她总在等他来找她,却没想到,有的人不能光等。

假若他不来,你为何不主动走向他?——既然你的心都告诉你,你还是很在乎他。

他愣了愣,朝她笑道:"随时欢迎。"

此时的他们,站在春色盎然的世界里,适合新的开始。

第 2 章

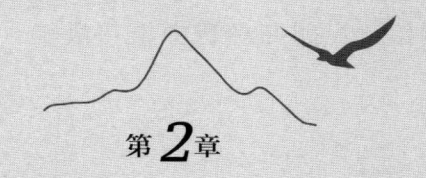

放手,
一定是那爱哭的乌云

这人间的味道我已尝过不少
只有你在山川之中的模样
令我最执着
天地都俯仰我的深情
更何况是那万里的清风
和微醺的满月

"传奇"想在理智中重获童年

01

年轻的时候,江河的世界里只有李央。他们两家是邻居,他和她从小玩到大。

亚热带季风吹过汉江边上的小城,这里光照充足,入夏炎热。无所事事的孩子们到处抓金龟子,这种昆虫和野蜜蜂差不多大,一身麻黄色,善于飞行。

江河稳稳地捏住被活捉的金龟子,当地方言把金龟子叫作麻母,在麻母拼命地挣扎、扇动翅膀的时候,李央享受到一阵清凉惬意的微风,她闭上眼睛,脸上无声无息地泛出微笑。为了这笑,江河愿意为李央做任何事。

李央心中有一块田,积有千堆雪。

02

李央去了江边。宽阔的江面上横着渔网和乌黑的小舟,随风荡漾。这里还未被开发,因此保留着天然的美景。几千米之外,就是小城最繁华的地段。

三个骑着自行车的男孩来到江边,他们小心翼翼地卷起裤脚,避免弄脏白球鞋。其中两个男孩摆出各种造型,另外那个男孩一直在岸边举着黑色的相机"咔嚓咔嚓"。

拿相机的男孩戴着手表,阳光从表盘反射出来,李央挡住了自己的眼睛。

"来,一起照。"拿着相机的男孩伸手邀请李央,她顺势抓住了那只手。她看见男孩手中的相机是奥林巴斯的,这比江河家的凤凰牌可洋气太多了。

男孩握着女孩的手,气定神闲,绝无羞涩。他们说说笑笑,他还模仿电影剧照为她拍了一些照片。

那个下午的日光明亮而强烈,整个江面被照耀得闪烁着光芒。望向光芒,李央忽然觉得自己是一块田,积了千堆雪,待到日出雪竟全部瓦解。她晕头转向,如同做白日梦一般,不自觉地迈开脚步,跟着这个迷人的男孩脱离了群体。

找不到女主角,江河的表演只能作罢。他找遍了整个小镇,都不见李央的踪影。他多么想告诉李央:你不能再逃课了。

在经济不发达的城镇里,考不上大学的女孩的生活,大概有两种:第一种是大部分人会选择的,她们离开家乡,去往大城市,在服装厂明亮的白炽灯下,眯着眼睛裁剪衣服;第二种便是留在当地嫁人生子,看家做饭,慢慢老去。

这样的青春,只有剩余价值。

校庆结束后是会考,过了会考就能拿到高中毕业证。

会考结束,江河在学校门口看见李央。

江河问李央:"如果你考不上大学,以后该怎么办?"

这个问题李央也问过黑石。

"那就开个照相馆呗!你当我的模特。"黑石漫不经心地搂住李央。这是截然不同的人生,江河无法匹敌。

从小就开始学摄影的黑石，发表过摄影作品，得过奖。更重要的是，他把为李央拍的照片投稿给了报社，并且被采用了，就这样，李央出现在了报纸的副刊上。

因为家有富余的钱，所以黑石决定去更大的城市看一看。

辗转在火车上，李央紧紧抓住黑石的手臂，他们欣赏车窗外的郊野湖泊、树林、山峦，以及铁路沿线新兴工业城市的高楼大厦，李央觉得像睁着眼睛做了一个惊奇的梦。

03

盛夏之中，隐约的狂躁来袭，气候反常。连日的暴雨导致江面迅速上涨，大水涌进了小镇。

故乡被淹的江河，不得不爬上最高的树杈，低头俯瞰，苍茫汪洋。有人坐在大木盆里划水逃生，有人在危急关头还抱着电视机不舍得放手，有人搂着自家的黄狗坐在房顶上哭……只有两三岁的孩童不恐惧，他们和大人坐在大木盆里漂荡，时不时"咯咯"发笑，还以为在玩游戏。

水边长大的孩子的水性都不错，江河从树上下来，第一时间救出了隔壁的老婆婆，拉着瑟瑟发抖的老人爬到屋顶，回头转向李央家时已经来不及做什么了。

后来洪水减退，江河回到了自家的房子里，他家地基扎实，所以没有倒下，但是值钱的东西都没了。

幸存的村民在夜里此起彼伏地哭，哭累了，变成呜咽。还好，江河父母在外地打工，家里只有他。

换掉有馊味的背心，擦干净身体，江河坐在地上，就着矿泉水干啃方便面。他瞪着眼睛看满天的群星，在想：幸好李央离开这里了，她是幸运的，真好。

04

黑石在通往大师的路上，充满了模仿。李央厌恶的名单也不断随之拉长，荒木经惟、法斯宾德、达利……她不喜欢他们，因为黑石总是用他们的标准来摆布李央。虽然黑石的布景、色彩、意境总是在更换，但唯一不变的就是道具——李央。

署在杂志上的摄影人物名，起初叫云梦；到了上海，改成乔莉；到了北京，又改成央泽兰。黑石觉得署名也是很有讲究的，"央泽兰"这个名字更容易引发大众对他的作品的空灵联想。

她是一件优美的道具，黑石根据不同地域和潮流为她命名，以此换来更大的名气和钱。

成名之后，黑石开始有合作的模特。那天，黑石去拍一位新模特时，李央在租的房子里专心打扫卫生。突然抬起头，她看着玻璃窗里自己的影子，愣了几秒。不知不觉，她和他去过许多地方；不知不觉，十年已经过去。

她用手指蘸水，在玻璃上写出歪歪斜斜的两个字——李央。

她觉得简单、平凡的生活符合她这样读书差、字也写得不好的女孩。念完高中，她就跟着她仰慕的男孩私奔了。离开故乡时，男孩对她说："我是你生命中的黑石，闪耀着与众不同的光泽。"

这种自恋的文艺腔，曾经让还是少女的她欢喜、战栗，仿佛她从此变得传奇，将脱离日常的尘土，过上最好的生活。

05

李央只用了一个小时就收拾好了衣服物品，她打车去了火车站。她要离开他，彻彻底底地离开。

找到江河不难，因为江河连本省都没有出，他上的是省内的大学，找了市内的工作，买了公司附近的房子。

江河没有询问李央十年间都去了哪里，做了什么。

他只是买了很多食材，在家里做了十二道菜。在他们家乡，招待贵客的正式宴席就得这么多道。

他们一边喝酒一边吃菜。李央哭着回忆："你还记得吗？小时候，你捉麻母来玩，就为了逗我开心。"

"我当然记得，那些昆虫挺可怜的。"江河回答。

"我还得谢谢你会考时帮我，你冒着作弊的风险，给我送答案。"她继续说。

"会考而已，为了你，作弊又有什么！"江河微笑。

"但你是文科第一啊！"

江河点头不语。

半晌，李央又问："你房子都买了，什么时候找个女孩结婚啊？"

"正在找。"

"找到一定要通知我，我会包一个很大的红包。我发誓。"

江河笑着说："好吧，我相信你了。"

"哈哈，来，再走一个。让我再敬你这个文化人一杯。"

他们两人消灭了所有菜和啤酒，实在太撑了，他们便去了阳台透气，坐在摇椅上乘凉。

片刻，突然停电，远处高楼里有人点起蜡烛。

暗夜中，江河想起了少年时代，他常常打开窗户，眺望对面房子透出的灯火。想着，他觉得头有些晕，闭上眼就睡着了。

06

李央蹑手蹑脚，离开了江河的家。

她在街头游荡，天亮了，她在街尾找到一家理发店，随手指了一位理发师，她决定剪成短发。

理发师勇敢地找她要电话。因为他知道，遇到漂亮又有气质的女孩时，一定要把握住机会，否则机会将稍纵即逝。

李央把手机号码告诉了他。他以为接下来可以跟这个女孩一起看电影、吃饭，很快就能出双入对。可惜，电话号码的数字没有少，但它们被打乱了顺序。

她已长大，不再盲目。那一次少小离家，在千里之外狂热渐冷，本能惊醒之后，她想回家了。

她想念她的故乡，想念父母，想念那个对她完全痴心的男孩。故乡还在，父母却不在了，连那个男孩也变得陌生了。从她离开的那天起，她与他就已经分道扬镳。

他对她非常好，但他是保守的，他没有勇气告白。她享受他的好，却不肯认账。她还那么年轻，不甘心平淡无奇地生活下去。她迷上了别的男孩，跟他一起去外面见识了新事物，匆匆忙忙，一转眼十年就没了。

如果当年没离开故乡，她应该会和江河结婚的吧。

之后的日子，她将继续飘零，直至尘埃落定。

大概是善良的救赎,让我偷走他

01

那个下午,我走在学校东边的路上,我的手指在路边各色商店的玻璃橱窗上敲打着。漆原拉扯着我的袖子,说:"萧晓,你以为自己还小吗?这么幼稚!"我不管他,继续着我的小动作。漆原嘴上说我很幼稚,但他的表情却是很想呵护我这个小可爱呢。

漆原拉下我的手臂,企图让我安分下来。他的白色鞋子被灰尘沾染,该清洗了。他的眼神传达着因为我不听劝告后的懊恼,他几乎想要拿绳子把我绑起来。最后我说:"你要想找一个乖巧的玩具,去找宁聆啊,为什么来找我呢?"

02

两年前的一个黄昏,在嘉明中学,星期五的最后一节课还没有结束,我就看见了北山。北山的样子非常奇怪,他趴在后门,眼睛拥挤在小孔上,打量着教室里的一切。北山看得累了,就直接坐在地上。他总是一副漫不经心、什么都不在乎、什么都不值得在乎的样子。

他喜欢戴一顶蓝色的帽子,除了上课会摘掉,其余时间一直戴着,这让他看起来毫无疑问就是一个孤独行星。

北山要等待的,是宁聆。

宁聆是一个传奇。她是一个与众不同、美丽超凡的女孩。男生关于她的回忆，都以她的漂亮作为开端，然后在整个脑海里蔓延出被渲染的水彩，缤纷而绚烂。北山喜欢宁聆。别的学生每天的功课是学科，而他每天的功课就是在教室外面张望。宁聆为自己的传奇添加的另外一个色彩，是她优异的成绩。

　　这样的焦点是宠爱流向的尽头，也是嫉妒汇集的核心。上天就是这样不公平，给予她心高气傲的资本。

　　宁聆从来没有答应过任何一个男生，不管是帅或不帅，功课优异还是糟糕。她在教室讲台上认真地做自我介绍时，以一种不符合中学生的冷静，仰头看着天花板，不看任何人地说："我是不会和任何人交往的，请大家照顾一下我的情绪和想法，我只有一个目标，就是某某大学。"

　　既骄傲，又沉默。

　　那个时候，北山还没有因为疯狂翘课而被老师赶出教室。起初他是殷勤讨好，送小礼物，帮忙跑腿，只要是任何能够体现他的心意的契机，他都一概不放过。

　　北山最癫狂的时候，甚至纠缠在宁聆的旁边，宁聆完全当他不存在，她的情绪毫无波动。

　　北山终于忍不住了，把一大杯水泼到她的桌子上，弄得狼藉一片。

　　宁聆没有动手，她是含蓄而沉默的。良久，她才开口说："我可怜你，过去、现在，以及将来。"

　　北山的面色就在激动之后，转变为雪白，最后，到达他的头顶。

　　对一个男生最大的拒绝，是羞辱他，并捏碎他的尊严。

　　北山开始越发失魂落魄，行为反常。

03

那个黄昏，他跟在宁眝的后面走，距离二十多米的样子。最后，宁眝忽然转身，一直等到北山靠近，才说："这样吧，如果半个小时内，你能够从聚光广场买一盒哈根达斯冰激凌回来，并且它不融化，我就答应你。这是我给你的唯一一次，也是最后一次机会。"宁眝抬手，指指手腕上的手表，又说了一句："你看清楚时间，去吧！"

任何人都知道，这是不可能的！没有一个小时是绝对不可能做到的，除非有单车。就算有单车，怎么能保证冰激凌不会融化？除非随身携带着小冰箱。

北山没有犹豫，转身飞奔。他到底还是有理智的，他就近抢夺了一个初中生的单车。这个学生的胸口还戴着初中的校牌，学生慌乱，几乎不敢反驳和抗拒。眼睁睁看着北山像风一样消失。发呆片刻，我走过去，站到被抢夺了单车的初中生旁边，说："别担心，他只是借用一下，会回来还给你的。"

初中生松一口气，看着我，他面露惊恐地问："这位姐姐，你怎么哭得这么厉害？"

有吗？我有哭吗？太奇怪了。

初中生掏出纸巾，我说了一声"谢谢"。

黄昏时刻，已经没有多少人在路上了，该回家的都回家了。只有一个初中生、两个高中女生隔街而站。这次，她大概是认真的，想要永远地、一劳永逸地解决掉问题。

04

在那个黄昏，我们都焦急地等待着。

希望不管怎么样，都要有一个结局。彼此不要再纠缠下去。

疯狂踩着脚踏板的北山，戴着一顶蓝色帽子的北山，对一切都无所谓却偏偏计较宁聆的北山，像是一抹水彩在我心间的画板上陡然一笔，再难擦去。

高中开学的第一天，我坐在学校的花坛边上，面色通红。我不敢起身，不敢走动，否则我背后的一团鲜红会引来全校的耻笑。我不想成为笑柄，但我手边的大包行李，以及炎热的天气，让我想主动晕眩。

可我没有晕眩。

北山戴着耳机，从我旁边经过。他散漫的样子，不像学生，倒像是终日游荡的社会青年。他经过我，走远了，忽然又折返回来。

他说："喂，同学。"

我抬头看着他，一张似笑非笑的面孔。同样是十四岁，有些男生懵懂到根本不知道女生在每个月某些时候是有天然烦恼的，有些男生则早熟得吓人。他的样子属于后者。

属于后者的俞北山，脱下衬衫，露出无袖的小背心，我没明白他的意思。他说让我把他的衬衫袖子绑到腰上，就当是耍帅。我回了"谢谢"。我当时几乎感激涕零。

这件衬衫到底是作废了。于是，我走进商店，拿积攒起来的零花钱，买了一件同样牌子的衬衫，包好，想还给他。

我没能还到他的手上，因为那个时候，宁聆出现了，她转学到我们的班里，大家都不知道她从何而来。

衬衫被我小心翼翼地包好，递给了北山。但他心不在焉地摆手，问我："什么？你是谁？"

他根本不记得我。呵！我如同跌落到异次元世界，在南极与沙漠之间穿梭。寒热交替，冰雪与烈日，垂直降落。

他的眼睛像是雷达，专注地关注着天空里的异国敌机，我就像他身边的空气。他的目标与全部的热情，都投射到了宁聍身上。宁聍在讲台上，冰冷地介绍着自己，陈述自己不打算恋爱，要专心学业，就连教师也在边上露出嘉许的神色。而北山，好像根本没听见这样的陈述。爱的诞生，犹如魔力梦魇，不可抗拒，无从反驳，唯有顺从。

咫尺的距离，却被建造起沟壑，那条深而无涯的沟壑，是我无法跨越的悲伤。

05

情人节收到了漆原送的玫瑰，我终于答应了他。

我们一起到这所漂亮的大学读书，我们的院系教学楼相互毗邻。他可以很方便地见到我。令人意外的是，我们居然在这里遇见了宁聍。她以文科最高分来到这所学校，获得了学校最高的入学奖学金。从平凡的中学，来到开阔的大学，我忽然觉得，"传奇"似乎有些失色，过去的眼界未免太小了。这种感觉就像是沿路旅行，虽然见过一次又一次的风景，但之后还有更好的风景。在这里有更多的美女，宁聍就显得中等了。尤其是，在我们这所大学，还有模特班。

我有时候会不耐烦地反问漆原："你究竟喜欢我什么？"我在漆原面前，任性、乖张，表情阴晴不定。

他是法学研究社的社长，当时他想邀请我加入，说我将成为研究社里的唯一一个文学院的女生，但我冰冷地拒绝了。他居然再度邀请了我，锲而不舍。我说："法学院虽然女生少，但也不至于一直找我加入你们的研究社吧。"

漆原无奈地耸了耸肩，说："但是只有你足够冷静、口才了得，你在辩论会上的样子，真是迷倒大家。"

冷静？

也许不是冷静。

究竟是什么，只有我自己清楚，但我不想向任何人解释。

那个黄昏，我估摸着一切不可能。我估摸着，也许北山从此以后就会死心，一个人死心以后，总是要展开下一段选择的。但是，天边的夕阳红得像是醉了的面孔，单车从地平线那头出现了。我扭头看宁聍，她大概也震惊了，感觉像是一个奇迹。

当我看见快要接近我们的北山，我的全身都颤抖起来了。我第一次见到他如此努力地付出，北山像是才从游泳池出来，浑身水淋淋的，蒸腾着热气，他的眼睛都是血红的，那是一个男生拼尽全力的样子。宁聍像失去了语言能力似的张大嘴巴，她看着手表，还有三分钟，但北山已经抵达。等待着单车被送回的初中生欣喜起来。那个刹那，我生平第一次体会到什么叫绝望。

绝望，其实是最盛大的悲哀。放开手，连幻想的希望都不存在。

直到一个转折的诞生，将一切牵引到奇妙的进程中。

巷子路口交错的地方，开出一辆摩托车。

如你所想到的第一个念头——它们相撞了。那一刻，天色瞬间明亮，是夜幕之前最后的挣扎。

北山躺倒在地面上，覆盖住了影子。

太阳下山，冰激凌融化成了一团掺杂着色素的彩色云朵。

06

北山躺倒在原地，单车摔到一边。初中生跑过去看了车，只是擦坏了一点油漆，没有大损伤。初中生推车跑了。毕竟年纪还小，大概被这样的场景吓到了。骑摩托车的人也愣了一下，然后跑了。

我走过去，蹲在北山旁边。路灯一起亮了，先是发白，那是启辉器正在发挥作用,然后就变成橙红色了。在灯光之下,融化的冰激凌液体像血一样发红。北山的面孔充满忧伤,那是绝望的忧伤,他的眼睛闭合着。

许久,北山睁开眼睛,爬起来,拍了拍衣服。宁聍在边上冷笑一下,转身走了。

北山的衣服被夏日傍晚的"地暖"烘干了。他在笑,居然在发笑。然后,若无其事地冲我说:"我看着你有点眼熟,你叫什么名字?"

我说:"我叫萧晓。"

那一刻,我泪流满面。

两辆车最后只是侧面撞上,没有直接的冲击。摩托车从巷子出来时已经减速了。非常幸运,北山完好无损。

但是,我知道,有的东西彻底被毁坏了,永远不能恢复。

他趴在地面上,像是死掉了一样,他趴了二十分钟,不动弹,也不出声。这个时间我清楚地记得,因为我在他旁边,渐渐听到他的呼吸,才确认他没事。我永远不知道他在这段时间里想着什么。

他摆手,说:"没事了,都没事了,回家吧!"

第三天我看见他,他在收拾他的东西,那顶蓝色的帽子也不在他的头上了。此后在校园里,我再也没见到过北山。高考之后,我听说他出国了,去了法国留学。

北山,变成了一道遥远并逐渐消逝的蓝色。

在我们年少的时候,爱是没有终点的战争,无关输赢。

07

漆原不甘心的样子,常常让我发笑:"究竟那个男生有什么特别的,让你怎么也忘不了?"我决口不提过去的细节。事实上,也没有太多的细节,只有三次交集而已。

我会反问:"那你和宁聍是怎么回事?"

"怎么回事?"

他们是邻居。

一个楼道的邻居,平时,他们会串门吃饭,也会被双方家长带领着一起出门,一起同进同出。她乖巧,永远喊他哥哥,依从他,她是他使唤的小丫头。她不会做的作业,他教她,他聪明,读书好。渐渐地,他们都长大了,心思有了变化。爱慕从小一起长大的男生,这不稀奇。关键是,这爱慕有没有回音。

忽然有一天,他再也不和她说话了。她看见他的胳膊上有一些淡淡的青,他开始和男生探讨许多她听不懂的东西。

漆原忽然感叹一句:"小时候没看出来,她这么有读书的天分。我还总是取笑她脑袋不够用呢!"

是吗?是真的没看出来,还是对待不动心的人,男生永远是漠不关心的?大部分人,都可能会忽略那些自己不喜欢的人和细节。他根本不知道,她为什么会忽然变成拒绝恋爱、一心读书的标兵。

到大学,虽然她的漂亮已不再是独特到令男生疯狂的地步。但是,她仍然努力,功课优异。

也许,我的存在,让整个大学变成了一座肖申克的监狱。宁聍常常出现在我的视野里。在我和漆原出现的地方,隐约之间,她总会出现。

但漆原是她的宇宙黑洞,而不是山谷。她的告白,永无回音,只是被吞噬,消逝于无形。

08

宁聍站在我的背后,我转过身,她说:"你的报复可以停止了吗?"

是的,她的唯一是漆原,她在整个漫长的青春期中翘首以待的,是来自漆原的回音。十年以来，漆原要找的女孩，永远不是她这样乖巧的。即使她强迫自己改变，变成符合他喜欢的模样，他却仍然没有办法爱上她。他喜欢她，就像喜欢自己的妹妹一样。最初的印象一旦产生，就不可更改，会始终贯穿人的记忆。

在漆原眼里，她永远是那个小女孩。长大的她，只是越发陌生，友好而陌生。

宁眸终于不再保持面无表情的高傲，她的面孔都是眼泪。在北山离开以后，这个世界上最关注宁眸的不再是男生，而是我。

是的，我是在报复。

关于她，和她所倾心关注的漆原。

关于我出现在漆原的身边。我精心填报大学志愿，我要和漆原考到一所大学。我在院系之间联办的辩论会上驳斥他。

我对他的态度冷漠，却也会偶然给他一个微笑。

冷暖手段，以退为进，使他颠倒。

最后，收下他的玫瑰。并且，在宿舍楼门口，让他亲到了我。

这一切，宁眸如影随形，全部都看见了。在漆原离开后，她到我的宿舍叫我出来，说有事情。我跟着她，毫无畏惧。我们都不是多年前的我们，我们不再是强弱鲜明的对手了。

我永远无法得到的北山、她永远无法得到的漆原，造就我们之间这样艰难的境地。宁眸居然哭了起来，蹲在地上，哭得那么厉害，整个面孔都是泪水。这让我想起了浑身水淋淋的北山。

我目睹了熟悉的场景出现。那么熟悉，像是那年黄昏，趴在地上的北山给我的感觉。

过去、现在，还有将来；可以确知的、不可确知的，还没有彻底完结的故事，都被我丢在一边。此刻，我被这种强烈的感觉包裹着，那是从宁靲眼睛里流露出来的、无比悲伤的绝望,放手是生命当中最艰难的事情。我们无从选择爱,因此煎熬。彼此敌对,然后报复。

但是,放手以后,悲伤无比。

良久,她平静下来。眼泪都干掉了。

在宿舍的天台上,我们相对无言。

她笑了,起身。空荡荡的天台,微风带着凉意。她说:"我终于明白了北山。"

而我,也泪流满面了。我将她逼到北山昔日的境地,我也该放手了。

为此,七年光阴转眼过去。

天台已空,对着湿凉的空气,我喃喃地说:"漆原,对不起。"

给房子贴上广告，约个日子交替时空

01

右嘉带着馒头来到咖啡厅。玛丽正在写一篇可歌可泣的爱情小说，她正写到动情处时，馒头风风火火地跑了进来，带响了门口的风铃，玛丽刚充盈起来的情绪被打乱了。

"右嘉，你管管你家这个讨厌的馒头吧！"玛丽咆哮。

戴着口罩的女孩恰好推门进来，瞪了馒头一眼，小家伙立马"呜呜"着低头，讨好似的去舔玛丽的手。

玛丽又是一阵嫌弃："脏死啦，好多口水。"

右嘉哈哈一笑，弯腰揉了揉馒头的大毛背。

如今，馒头的背上满是绒毛，跟刚抱回宿舍的时候完全是两个样。

玛丽假装凶恶地捧起馒头的脸，点着它的鼻子，说："右嘉啊，你到底给你们家馒头吃了什么？好家伙，上个月见它还没这么胖，现在胖的哟……我都快抱不动它了。"说着，玛丽用手环了一下馒头的腰身，快要环不住了。

馒头是一只大金毛。右嘉是在大二那年遇到它的，那时的馒头瘦小得可怜，还总爱掉毛，远远看过去就跟癞皮狗似的。右嘉对动物的毛过敏，次次都肿着大鼻头伺候它吃喝拉撒，到如今也有许多年了，玛丽对右嘉真是佩服得五体投地。

右嘉是来找玛丽咨询情感问题的，同窗四年，这还是毕业以后的头一次，玛丽都好奇得不行："是谁是谁？我们认识吗？"

右嘉忸怩了大半天，才慢悠悠地将一张房屋出租广告摆在她眼前。

玛丽拿起出租广告仔细看了一遍，户主落款处写的是周是，后面有电话。右嘉把电话打过去是中介接的，但听说户主要亲自见了租客后才能决定，于是她就来找玛丽了。

"我想去问问，如果真的是他……"

"右嘉，你有毛病吧？"玛丽觉得右嘉简直是疯了，"就因为一个名字，你就想去租房子？天下之大，重名的人那么多，你怎么就能确定是他呢？"

右嘉异常固执地肯定道："我总觉得是他。如果不去，就会错过这个机会。"

周是这个人，玛丽是知道的。他是在右嘉生命中出现过最长时间的人，但非要给这两个人硬扯上什么关系的话，那真是什么也没有。

这都毕业好几年了，怎么还能惦记着呢？

02

右嘉在很早以前就见过周是了。

在大一新生欢迎会上，周是作为新生代表上台讲话，夹在校领导中间，他个子最高、面相清秀、穿着T恤和牛仔裤，斯斯文文的样子。乍一看，是相当显眼的。

总体来说，他是一个长相优、气质佳的男生。在电影学院里找帅哥美女简直易如反掌。周是这样的小清新，过了两天新鲜劲儿，也就没人再记得了。

右嘉和玛丽都在文学系，与录音系相去甚远，一年之中也见不到几次面。

大二上学期，右嘉才再次见到了周是。那天，她一眼就认出了他是那个在迎新会上夹在校领导中间的"夹心饼干馅儿"。

艺术学院的后门有一条长胡同，汇集了五湖四海的美食店，常年热闹。右嘉常去一家酸辣粉店，店外左侧有一条十米左右的过道，里面住了几只凶巴巴的流浪猫，每次路过，右嘉都会隔得远远地喂点面包给它们。

不知道什么时候多了一条秃毛的金毛狗，它的一条腿歪七扭八地盘在肚子下面。

这是受伤了？

右嘉正捂着鼻子犹豫要不要伸出援手，周是就出现了。他手里捧着绷带、红药水，还有一些其他的瓶瓶罐罐，居高临下地看着右嘉为难的样子，毫不客气地拉开了她，说："不帮忙就别挡道。"

周是娴熟地抱过秃毛金毛狗，飞快地涂上红药水，又缠上绷带。

右嘉很是着急，说："狗狗的腿看上去是骨折了，我们送它去医院吧，它需要动手术。"

听了她的话，周是默默地拉了拉金毛的腿，见它没有任何反应，便抬起头，对右嘉说："你带路。"

后来，右嘉才知道周是在艺术学院是有名的"技术宅"，平日对什么都不上心。

宠物医院其实就在前面的拐角处。两人一前一后地将金毛送去医院，一路上，周是没有搭理过右嘉。右嘉隔得远远的，她不时地打喷嚏，偶尔回头看一下，他抱着金毛大步跟在身后，小心护着，生怕出一点纰漏。

"那个……"右嘉捂着鼻子想说点什么。

"到了？"周是突然停下脚步，精准地停在了宠物医院门口。

心不在焉的右嘉忙点头，说："对啊，就是这里，特别好找的，从艺术学院的前门出来，拐个弯，走两三个路口就到了。"

周是将金毛交给医生，回过头来，对右嘉说："如果你还有事情忙，可以先走。"

冷不丁的，又被误会了，右嘉连忙解释道："我不是那个意思，我只是……只是……"半天都没有说出原因。

医生说金毛需要住院，因为脚骨折了，得留下来观察几日。护工登记了两个人的联系方式后，才让他们离开。

分道扬镳的时候，周是站在门前，越过右嘉的头顶，看可怜兮兮的金毛，他问右嘉："丢弃它的人，是不是心肠很坏？"

右嘉没想到，周是看上去是一个冰冷的人，可他的内心竟这么柔软。

最后，直到挥手说再见，右嘉也没有鼓起勇气同他约下次来医院的时间。

右嘉从来没有这么恨过自己的嘴笨。

03

再次到宠物医院，已经是三天后。护工特别鄙视地告诉右嘉："那只金毛早就被人接走了啊。"右嘉被护工看得不好意思。

凭着直觉来到小巷，运气好到爆的右嘉果然看见了周是，还有做完手术后行动不便但明显活泼不少的金毛。

周是把一个白馒头掰碎了递到它嘴边，说："来，吃馒头。"

它嫌弃地撇开了脸，舌头舔了舔周是修长的手指，发出小猫似的"呜呜"叫声，逗得周是"咯咯"笑，他只好无奈地将早就准备好的狗粮倒了一把在手心里，金毛这才乖乖地吃起来。

"馒头啊，你怎么这么挑食呢！"周是空闲的手摸着狗狗的毛发，脸上洋溢着微笑。

周是笑起来真好看啊。右嘉觉得自己的心跳加快了许多。

周是很快发现了右嘉，但他已经不太记得她了，冲她淡淡地点头后，就没有了下文。

右嘉不知道如何是好，好半天才憋着气问："它叫馒头啊？"问完，自己就先笑了，她心里想：拿馒头喂馒头，哈哈。

周是不明白她笑什么，但神情愉悦了不少。他欢快地应答："是啊，我给它取的名字。"

"挺有意思的。"

右嘉屏着呼吸慢慢靠近那一人一狗，眼前的男生干净阳光，令人心动，右嘉觉得自己一定是被迷惑了，不然怎么会宁可不呼吸，也要靠近他们一些呢。

她刚一蹲下身子，胆小的馒头就被吓到了，它跛着脚跳远了一些。

"你身上有一股药膏的味道，可能被嫌弃了。"

右嘉在来之前特意做了准备，她预先服用了抗过敏药片，还在身上多个容易引发过敏症状的位置涂了抗过敏药膏，还别说，她都挺嫌弃自己身上这股味的。

"我对动物的毛发过敏，所以涂了药过来的。"右嘉说话的时候，特别不好意思地收回了原本想要抚摩馒头的手，生怕周是会厌烦她。

周是并没有像上次那样冷言冷语，听说她过敏后，难得地露出了关心的表情。

"那你得离这些小家伙们远点。"

右嘉想表达自己是真心喜欢动物，可话还没到嘴边，周是突然将馒头抱了起来，放在了右嘉还没来得及准备的怀里。

毫无预警的右嘉一个喷嚏张嘴就要来，周是连忙用纸巾捂住了她的口鼻，笑嘻嘻地说道："看你的眼神，应该是非常喜欢它啦。"

右嘉瞪着眼珠子，手上紧紧地抱着馒头，担心它太瘦小会不小心摔在地上，小家伙一开始还有点挣扎，过了一会儿总算是安静下来了。周是松开了捂住她口鼻的手，喷嚏毫无预警地打了出来，喷了周是一脸。

周是没有生气，他抹了一把脸，又温柔地抚摸馒头少得可怜的毛发。

"馒头跟你一样胆小，刚才我骗你的啦，它不是因为嫌弃你身上的药膏味，它只是不喜欢接近陌生人。我刚见到它的时候，它还咬了我一口呢。"周是撩起袖子给右嘉看牙印。

盯着周是手腕上小小的牙印，右嘉第一次发现金毛这样温驯的狗狗也会咬人。她特别心疼地揉了揉馒头的脑袋，说："不知道它之前遭遇了什么。"

周是沉默着，没回话。

宿舍里不能养宠物，所以周是才三番五次地来这条巷子里，因为他总是担心受了伤的馒头，每次来都给它带了食物。

托馒头的福，周是总算是不排斥右嘉了。

那天下午，右嘉跟周是聊了许多，大多数都在说自己小时候固执地养过什么动物、红了几次鼻头。

"我现在鼻头老是红红的，就是因为小时候总过敏。"右嘉笑着说。

周是也跟着笑。

临别的时候，右嘉终于鼓起勇气告诉周是她叫右嘉，是文学系大二的学生，在迎新会上就认识周是了。

周是笑言："原来你早就觊觎我了啊！"

右嘉虽然翻着大白眼，但脸上早就红扑扑一片了。

04

右嘉也说不清自己是从什么时候喜欢上周是的，只是当这种感觉越来越强烈时,她不得不求助场外观众了。

于是,初次暗恋这件事就成了整个701宿舍的头等大事。

室长召开了新学期开学后的第一次集体大会,几个"老油条"都帮忙出主意。

作为宿舍里的情感大师,玛丽强烈建议右嘉:"喜欢就告白啊,你怎么知道他不喜欢你?"

当然也有靠谱的舍友提议:"慢慢来,你先跟他多接触几次,你们两个总出现在同一个画框里,时间久了,自然而然就会看上眼的!"

右嘉自己知道,自己是没有勇气告白的。

于是,她选择了后者。

后来,右嘉常常去美食街的小巷子,每周会遇到周是一两次,两个人都给馒头带了好吃的,那馒头的这一顿饭就会吃到撑。

接着,两个人会抱着馒头到晒不到阳光的林荫道长椅上坐一会儿,右嘉很喜欢分享,尤其是对喜欢的人。

她会说许多自己的事情,比如:"我们宿舍里有个写爱情小说的情感作家,她总跟我们打听恋爱故事,然后写进她的小说里,说不定以后你就能在书上看到我呢!"

大多数的时间都是右嘉在说,周是附和着笑。

因为周是说:"我喜欢听。"

周是喜欢静静地听声音,有时候会背着自己的录音设备过来录一些流浪猫狗的声音。有一回,右嘉正好遇见周是戴着大耳机、手举着话筒站在巷子口,脚下是三五只慵懒的、午后吃饱喝足的猫咪,它们偶尔发出稀疏的声音;馒头则蜷缩在他的脚边,时而挠挠他的裤腿,时而打着哈欠,如同懒惰的淘气包。

如果不是一阵风吹过,吹动了他的白衬衣和刘海儿,右嘉差点以为整个世界都静止了。

注意到右嘉后,他有些不太好意思地收起设备。

"你要听听我录的声音吗?"

右嘉特别用力地点头,"嗯。"两个人合力将设备搬到安静的林荫道上,一戴上耳机,右嘉就被吸引了,她恍若身处闹市的静区,一开始是美食街上嘈杂却充满人情味的叫卖声;然后是路过的情侣的细语声;最后就是自己撞见的那一幕,夏日的午后,有蝉鸣和猫咪的叫声,偶尔馒头会学着猫咪叫喊两声。

右嘉"扑哧"一声笑了,低头看到尾随他俩而来的馒头,她弯下身子,用力地揉它的脑袋,还说:"馒头啊,你是一只狗,不是猫,你自己知道自己的身份吗?"

周是也轻敲了一下馒头的脑袋,打趣道:"这家伙也不知道随了谁,真蠢!"

他们之间更多的话题还是关于馒头的。馒头已经能自己走动了,可能因为伙食好,它的毛发也渐渐长了一些。

周是变魔术似的摸出了口罩,递给了右嘉,他昂着头说:"带上呗。知道你喜欢馒头,但是也不用逞强。"

右嘉的心里像灌了蜜一样甜,拿着口罩爱不释手,这是周是送给她的第一份礼物,她要珍藏起来。

右嘉跟周是又熟悉了一些,也仅仅是熟悉。

大部分时间,右嘉其实是没有在小巷子里遇见周是的,听说他最近正筹备考试,长时间地泡在录音室。

05

放假前的最后一天,周是第一次主动找了右嘉。

他是抱着馒头一起来的，那时的馒头的腿伤已经好得差不多了，个子也长高了，绒毛也浓密了许多。同馒头一起出现的，是周是为馒头买的狗笼、小棉被、食盆，还有一些抗过敏的药物。

假期，周是要回南方，寒冬的巷子里冷得出奇，周是不放心馒头，想了半天把它托付给谁照顾，他只想到了住在本地的右嘉。

周是希望右嘉将馒头带回家养一段时间。

"抗过敏药是给你用的，如果你觉得不方便的话，我可以另想办法。"

他的要求，右嘉怎么会拒绝呢？

右嘉爽快地答应了，却给自己带来了麻烦。

寝室里，外地的同学早早收拾东西走了，经过玛丽的同意后，她们两个人合力将馒头偷偷地运进了宿舍。宿管阿姨来的时候正是休息的时间，措手不及的右嘉只好将馒头塞进了自己的被子里。像是做了什么亏心事似的，她整个晚上抱着馒头不敢乱动，一听见任何风吹草动就又要将馒头藏起来。

这样惊心动魄的一晚后，右嘉整个鼻头都冒出了大红包。

过敏得太厉害了，她只好用两层口罩把自己捂得严严实实的，隔着一个行李箱牵着馒头回家。

右嘉妈妈也是个爱小动物的人，大大小小养了不少，最后都因为右嘉的过敏症而放弃了。见右嘉不顾生死硬是弄回家一条大金毛，右嘉妈妈第一个跳毛了。

"我说女儿啊，你这是何苦啊，你不要命了？"

右嘉憋红了脸，固执地犟嘴："反正就是要养馒头。"

最后妈妈拗不过她，只好将阳台收拾出来，给馒头做了个单间。

从此以后，右嘉便过上了只要在客厅里出现就一定会戴口罩的日子，煎熬了一个多月，过敏症反而复发得少了。

右嘉妈妈觉得有趣："要不你一直养馒头吧，说不定过些日子，你的过敏症就好了。"

右嘉也觉得妈妈的提议好像还不错。

一开学，右嘉带馒头去见周是，把自己的想法告诉了周是。

周是没有给出意见，只希望右嘉能自己考虑清楚，"养馒头需要付出很多，它可能会变成你生命里不可或缺的一部分，以后万一要分开，你会很难过的。"

右嘉慎重地考虑了周是的话，就像她现在喜欢周是一样，如果有一天周是离开了，她也会很难过的。对馒头，应该也是这样的感情吧。

感情的事情，从来都不是小事。

周是一直对馒头很好，会抽时间去看它，他还会置办各种各样的物件，却没有想过要收养馒头。

右嘉一直不明白周是这么喜欢馒头，为什么不敢亲自收养它？

如果那时候右嘉知道周是要离开，就一定不会有这样的顾虑了吧。

06

喜欢一个人是孤独的。

热心人士玛丽终于按捺不住内心的躁动："要不，我给你出个主意呗。"自诩情感大师的玛丽一早让人打听了周是的消息，献宝似的提供给了右嘉。

在玛丽的鼓励下，胆小鬼右嘉偷偷潜进了一号大楼楼下的车棚，以迅雷不及掩耳之势找到了周是的自行车，学校的院区多、宿舍离教学楼又远，所以，大部分学生都骑自行车上课，周是也不例外。

但为了以防万一，右嘉还是谨慎地爬上了制作大楼，右嘉学着电影

《007》里"邦女郎"的姿势,一溜小跑到录音室门口,踮着脚趴着门,透过玻璃往里看。

周是同两个同学在调音台前热烈地讨论着,对面还摆放着一台监视器,里面正播放着语音片段。

看这情景,一时半会儿是结束不了的,右嘉放了心,又觉得看不够,忍不住多瞧了几眼,周是的侧脸真好看呀!

"笨蛋,成功了吗?"玛丽发来询问信息时,她才反应过来,掉头又往车棚跑,摸出早就预备好的刀片,对着周是的自行车划了两道大口子。

另一头的玛丽收到短信,快速地推来了右嘉的自行车,交接仪式刚完,她俩就看见周是从楼上走了下来,他看见右嘉时的脸色不太好看。

"周……周是,你车坏了,去哪儿?我送你。"右嘉特"豪迈"地拍了拍自己的车座。

假装围观群众的玛丽对右嘉很是无语,就连周是都被气笑了。

他像敲馒头一样敲了一下右嘉的额头,问她:"你怎么知道我车坏了?"

右嘉一时哑口无言,支支吾吾半天。

"刚刚我在楼上,看到你用小刀划我自行车了。"周是接过她的自行车,"就当你划破我轮胎的代价,你的车子归我了。"

右嘉赶紧献上了自己的车,还厚着脸皮说:"对不起啊,车子我会帮你修好的。"

"嗯。"

周是没有问右嘉为什么要划破自己的车。

那天下午,周是带着右嘉去了她家附近的宠物店,在宠物店里挑选了一大包狗粮,他和右嘉一起把狗粮搬回了右嘉家。

临走的时候,他告诉右嘉:"接下来的日子里,我可能会很忙,没有太多时间来看馒头。"

右嘉跟馒头一前一后地送周是到公交车站,心里有说不清楚的惆怅,尽管周是并没有责怪自己的鲁莽。

周是,他……知道我喜欢他的吧?

许久,右嘉都没有说话。周是终于回过头来看她,像是鼓起了很大的勇气,终于开口问:"右嘉,你想不想去海边?"

"想!做梦都想跟你去。"

后来,周是租了一辆小车,装上了他的录音设备,带上了右嘉,牵着馒头,去了邻城的海边。

在海边的别墅安定下来后,一连两日,右嘉都陪着周是和馒头去栈道口收录海的声音。

无聊了,右嘉就逗馒头,一前一后地在沙滩上追逐。

而周是在远处,戴着耳机、举着话筒,安静地看着眼前的一切。夕阳下,金色沙滩、蓝色海天,不时传来海汐声、浪花拍打礁石的声音,夹杂着海鸥的清鸣和右嘉同馒头嬉闹的声音。画面唯美到能令人联想出所有出现过海的爱情电影。

右嘉提议结束后去看电影。晚上,周是翻箱倒柜,找出了《海之声》的带子,通过他的监视器播了出来。右嘉觉得周是不解风情,这么美满的场景不应该看悲壮的电影。

在右嘉心里,和周是在一起的每一幕、每一秒都应该美好得如同青春爱情电影那样才对。

07

从海边回来后的小半年里,右嘉都没有再见到周是。听说他很忙。

周是买的一大包狗粮都被馒头吃完了,右嘉自己又去买了新的。馒头被周是养得越来越挑食了。

尽管见面的机会少了，但是所有人都以为右嘉和周是应该快谈恋爱了。

大四上学期还没结束，舍友们就鼓励右嘉在圣诞舞会后告白。

学校圣诞舞会那天，周是作为调音师是一定会在现场的。

右嘉早早就准备好了要穿的裙子，又折腾玛丽为她化了精致的妆容，她在镜子前晃悠了大半天才敢出门。

周是迟到了，舞会都快开始了他才到。他根本没注意到右嘉的精致装扮，他将所有的注意力都放在了舞会现场的音乐上。

直到最后一首曲子，右嘉才找到机会邀请周是跳舞。

周是很是为难，好看的脸上第一次现出尴尬。

"我不会跳舞。"

右嘉想也没有想，就说："我教你！"

其实她也不会，但她必须板起脸来稳住场面，她一副我很懂行的神情让周是没有再拒绝。

右嘉第一次拉周是的手，将他的手匆匆拿起放在了自己的腰上，她的脸红得像一个熟透的苹果。

"跟着我的脚步，这样……一步两步，一步两步……"她不小心踩了他一脚，听见周是"哼"了一下，右嘉觉得很尴尬。

周是的质疑在她的头顶响起："你真的会跳？"

右嘉噘着嘴生气，也不知道是气自己太笨，还是气周是说出实情。

周是"哈哈"一笑后，安慰地抬起手揽了揽她的肩，说："没关系，我们慢慢来。"

那支舞跳得特别出丑，右嘉踩了周是五六次，还有两次踢到他，好好的告白气氛烟消云散，只剩下周是的打趣。

结束后，周是送右嘉回宿舍，临上楼前，周是说有话要跟右嘉说。

但不是右嘉期待已久的告白。

"右嘉，我下个学期要去国外留学了，有个学姐她一直在那里等我，我们很早就约定要一起学录音，我想坚持下去。"

右嘉静静地听完，没有说话。

周是又交代她："我希望你能照顾好馒头，它的前主人是不得已才丢掉它的。"

后来，右嘉才从玛丽那里听说，馒头原来的主人就是周是口中的学姐。

学姐患有哮喘，在收养了馒头半年后，还是不得已将馒头送到了它曾经被丢弃的那个地方，学姐打车去机场的路上，馒头跟在后面追车才受的伤。

愧疚的学姐拜托周是照顾馒头，现在，周是又把馒头托付给了右嘉。

"不像话啊！他以为是在托孤呢？"玛丽在得知了整件事的来龙去脉后非常生气。

毕业离开学校时，馒头已经长成了大狗。

毕业后，右嘉一直都养着馒头，她的过敏症慢慢地变轻了，只是偶尔避免跟馒头长时间待在同一个室内。

新房子装修好，右嘉特意留了一块地方打造成了馒头的小房间。这个举动让玛丽气得不行，看见右嘉就忍不住批评教育她："你得多有钱啊，为了个暗恋对象把馒头当儿子养。"

右嘉每次听到好友们笑话自己，也不难过。她觉得收养馒头，好像跟周是有点关系，但似乎也没有什么关系。

08

"你到底喜欢周是什么呀？"玛丽陪右嘉去招租广告上的地址时，忍不住地问她。

右嘉盯着单元门上的电子锁思考了许久，才张口说："那天，看他半蹲在地上，温柔地为馒头包扎、上药，我觉得他特别好看，善良又阳光，这样的男孩怎么能让人不喜欢？"

电子锁的音响孔里终于传出好听的声音，对方问："你是？"

光听声音，右嘉就已经确定了大半，招租的人就是周是。

等待开门的时候还是会紧张的，别说她，就连馒头似乎都有感觉一样，兴奋地在门前跳来跳去。

"真没出息，见抛弃你的家伙有什么好兴奋的。"玛丽狠狠地瞪了馒头一眼，又问右嘉，"万一不是周是呢？你会失望吗？"

右嘉摇了摇头，说："不会啊！"

"那真的是他，你会告白吗？"

右嘉"扑哧"一声笑了，回答她："其实我没想那么多，那时候就只是喜欢他，我压根儿没想过要有结果。"

话刚说完，门恰巧开了。

开门的人是周是。一瞬间，右嘉觉得自己居然没有了刚才的紧张感，突然回到了多年前初次见面时的感觉，很温和。

"来看房子的？"周是让了道，让她们进来，显然第一时间没有认出右嘉。

馒头却是第一时间认出了周是，它兴奋地窜进了屋，围着周是上蹿下跳。周是一开始还有点尴尬，待仔细辨认时，又犹豫地看了看右嘉，这才认出来她们。

"你是右嘉，这是馒头？"

时隔多年，再听见周是叫自己的名字，右嘉只是笑了笑。

"我在中介那里看到你的广告，不确定是不是你，所以就来看看，很久不见了，周是。"

很久了，四年多，快五年了。

周是面对右嘉没有任何的不适感，就是见到了老朋友的感觉，**他娴熟地邀请她们入座**，又高兴地抱着馒头的脖子乱揉一通。

"好家伙，长这么大了。右嘉，谢谢你。"

右嘉愣了一会儿，才笑着说："我的狗狗，怎么要你说谢谢呢！"

周是点头，说："没错，馒头已经是你的了。"

许久，周是才想起问她们是不是要租房，他很尽责地介绍："房子是我朋友的，没买几年，东西都还挺新的。家具和家电都可以使用。不过……我那个朋友有哮喘病，她家人不希望她的房子里养动物。"

有哮喘病的学姐。

见右嘉没有说话，周是又说了一些别的，那些话右嘉估计也没怎么听，全程都安静地看着他。

玛丽问学姐的近况，听说学姐交了个日本男友，并没有和周是在一起。

但是，这些跟右嘉没有关系了呀。

从周是家里出来，玛丽陪右嘉去了一趟超市，选了一些馒头喜欢吃的东西，两个人"吭哧吭哧"地扛回家。

玛丽问回家后就忙着为馒头准备食物的右嘉："周是的房子，你还租吗？"

右嘉一边给馒头倒食物，一边哈哈大笑了几声，说："不租了吧。"

"我以前喜欢的周是，善良、阳光、优秀……突然有点后悔，我今天不应该去找他的，他应该活在我梦里才对，把初恋放在心里才是最好的纪念吧。"

是呢，每个人的初恋都是美好的。右嘉最大的愿望就是回到那时的海边，画面里有她、有馒头、有周是。

他说挪威有极光，我说群星在天上

01

国庆黄金周临近，苏橙收到了好几份喜帖。

她和发请柬的同学关系都挺好的，好在日子都没撞上，她可以参加所有的婚宴。

苏橙大学读的是导游专业。毕业后，她在深圳一家旅行社上班，终年往返于深圳和印度尼西亚。今年，她熬成了资历较高的前辈，不用留守值班。

刚毕业那两年，她总想着以后存了钱要游遍天下，现在却哪儿都不想去了。

苏橙打车赶到酒店。在二楼入口处交礼金，一位高中女同学兴冲冲地过来挽住她，带她去跟早已到场的同学聊天。

时光将他们从陌生人变成熟人，再变成故人，每个人都绞尽脑汁地挖掘学生时代的回忆，试图证明大家还很亲密。

章晟挺晚才来。西装革履，面容俊朗。他的身上依稀留有昔日少年的痕迹。

四目相对，苏橙和章晟隔着人群，相视一笑。

新娘穿着红色旗袍过来给大家敬酒。苏橙笑得苹果肌僵硬，高跟鞋很高，她的脚尖火辣辣地痛，想到还要去好几场婚礼，不禁后悔。

婚宴开始,大家陆续入座,章晟很自然地坐到苏橙旁边。

酒店员工开始上菜。工作这么多年,大家早就吃遍山珍海味,端上来的菜,没什么人动筷。

看到章晟给苏橙剥虾,有同学笑问:"两位打算什么时候摆酒啊?"

苏橙假装吃东西,听见章晟说:"不急,顺其自然。"

语气带笑,仿佛他们还很亲密。

眼前一幕让苏橙想起高考结束那天。晚上,全班同学在酒店吃饭,分成五张桌,男女生各两桌,最后一张桌是男女混坐。

当时,章晟也挨着苏橙坐。每道菜端上来,很快就被食欲旺盛的少年少女哄抢一光。

章晟怕她吃不上,给她抢了很多菜,自己反而没吃饱。回学校的路上,他买了煎饼果子果腹。她喝着红豆奶茶,不时看着他的侧脸傻笑,心里甜丝丝的。

如今,她再看他的侧脸,心底的波澜却没有那么大了。

婚宴结束,大家陆续离席,有几位同学要去看新娘的婚房。

而苏橙选择和他们告别,因为她还要去买老妈叮嘱的东西。

章晟叫住她。他梳上去的刘海儿被风吹落,显得年轻不少。苏橙一晃眼,还以为眼前站着高中时的他。

"我开车过来的,顺路送你。"

她没拒绝他的好意,也没有理由拒绝。

02

苏橙和章晟确认彼此的感情,是填中考志愿时。

那天,坐在她后排的章晟轻戳她的后背,跟她说:"苏橙,我们一起考一中,好不好?"

没想到,他们都考上了一中,还被分到同一个班里,直到高三也没变。

高三那年,苏橙十七岁,她的日常任务除了学习,还有陪章晟去学校后的水库散步放松心情。

在水库的大坝前,有大片绿油油的草地。南方的四季,色彩变化不大,除去霜冻严重的月份,其他时间的草地是深绿中夹杂着枯黄。

他们坐在草地上,复习完知识点,就随意地聊天。

章晟博识,他记得全国各地车牌的简称,也记得世界地图上每个国家的名字。想到这个人喜欢她,苏橙油然而生一股自豪感。

天边的晚霞,有时会呈现很奇异的色彩,这让苏橙联想到地理课本上的极光。

章晟告诉她,看极光就该去挪威。十月伊始,挪威会迎来漫长的永夜,天空终日披星戴月,北极光飞过夜空。

他对苏橙说:"等长大以后,我们一起去挪威看北极光。"

每当提到这些遥不可及的话题,他都非常认真,苏橙觉得他分外迷人。

她应声:"好啊!"

她幻想着有朝一日,他们能像旅游网站上的照片那样,并肩牵着手仰望漫天极光。

一想到这儿,她就希望时间能像翻书一样,"哗啦啦"地翻过去,他们能瞬间长大成人,那样她就可以和章晟去挪威了。

眨眼间,苏橙长大,独自一人。

03

章晟送苏橙回家的路上,得知她还要去接下来的几场婚宴,便说他也要去。

"好吧,我们一起去,你记得过来接我呀!"

章晟欣然应允,苏橙知道他未必真想去,只是争取多跟她相处的机会。

这让苏橙心花怒放,把老妈叮嘱她买的东西都忘得一干二净。

看到她从章晟的车里出来,在阳台收衣服的老妈双眼灼灼,恨不能立刻将他们绑去民政局。

苏橙心虚地说:"我忘记买东西了。"

老妈没有责备她。在目送章晟的车开远后,她责怪苏橙:"你这丫头,怎么不知道叫人进来喝口茶?"苏橙无语。

高二那年,学校附近有可疑人员出没。放月假时,章晟送她回家,老爸隔老远看到章晟,怒发冲冠地追出来,说要打断章晟的腿。

即使她一再强调,章晟是同学,但老爸还是不信。

孩子的谎言,在大人眼里往往不堪一击。毕竟,同样的谎,他们年少时可能也撒过。

这几年,老妈催苏橙找结婚对象的频率越发频繁。

苏橙不在家时,还能拿工作忙碌为理由逃避。但只要她回家,自然就免不了被老妈捉去跟各种奇葩男人相亲。

相亲从没成功过,她总有不满。例如,吃饭时对方吧唧嘴,点一只多宝鱼还自以为很有钱,加她微信问她买不买保险,不修边幅还嘲笑别人穿得土……对于不爱的人,再细微的缺点,她都无法容忍。

每次她一搬出理由,老妈都会竖起食指戳她的头——

"就你最好!挑来挑去,都成老姑娘了。"

她假装没听见老妈的数落,对于来自亲人的伤害,她早已习惯。遍体鳞伤的人,不会为再多一两道伤口而喊痛。

04

苏橙脑海里和章晟有关的记忆，总是停留在高三毕业那一年。

这一年，他们迎来最大的分歧。

苏橙高考发挥失常，分数比章晟低一百多分，老妈不肯让她复读，觉得丢脸。

她去找章晟，希望听到他说，跟她在一起去三流大学也无所谓。当然，她只是想想，她不舍得他为她牺牲前途。

见到章晟，他却先对她说抱歉，说他要去北方的一所重点大学。

"橙子，即使上不同的大学，我们也可以在一起。"

苏橙盯着那个曾跟她约定去挪威的少年，只觉得心寒，他连骗骗她都不肯。

她知道，他是为了她选的文科，否则哪有机会继续跟她同班。他们都是普通人，谈着随处可见的恋爱，因前途、家庭等因素分道扬镳，很正常。可那时她正值低谷，又被他宠坏了，心里知道他的选择是正确的，但她还是认定他背叛了她。

她拂袖而去，不理他了。

苏橙懂事之前，脑海里总有一层雾气。这一天，雾气散尽，她突然从幼稚天真变得利落稳重。即使被偏爱的人，也不得不学着懂事。

苏橙赌气归赌气，但她没忘记去挪威的约定。

她根据成绩，填报了"最适合女孩的专业"——导游专业。

章晟的大学在北京，他比她提前半个月开学。出发前，因为苏橙不接电话，他便发信息问她能不能见面。

她不回复，等到他要走的那天，暑假里每天睡到午饭点才起的她早早地醒了过来。

她穿上打算留到开学那天穿的新裙子，绑了马尾辫，露出雪白纤细的脖颈，宛若活泼的小马。

等她冲到章晟住的小区，才发现忘了带手机。

她忐忑地按了他家的门铃。他妈妈来开门，说阿晟早上就走了，他得坐车到深圳，然后赶下午的航班飞往北京。

那天，苏橙往回走时，被阳光晃得不停地擦眼睛。

她经过文化广场，工人们在搭建灯光展览的台子。

章晟的父亲在市政府工作，他老早就知道九月份会有灯光展，还跟苏橙约好一起去看。

这世界上有许多约定，可又有多少能够实现呢？

回到家，蝉鸣撕心裂肺，她在洗手间将水龙头开到最大，放声大哭。

05

章晟刚上大学那会儿，每天都在QQ空间直播他的新生活。

苏橙知道，他是在告诉她，大学生活其实很轻松，她不用紧张。

苏橙入学后，也开始在QQ空间发布她的校园生活。

很多同学评论，章晟也评论，但她执拗地不肯回复他。他自然知道她还在生气，于是想等哪天她气消了，再联络她。

不知从哪一天起，苏橙忘了更新动态。当她很久后想起来，登录QQ后，才发现章晟也停止了更新。

他的现状，她就此一无所知。

苏橙在大学里加入了两个社团，有很多活动要参加。大学毕业后成为导游，遇见的人更多。

她认识许多优秀的男生，也不乏追求者，可让她心动的永远是和章晟有几分相似的那一个。可他们都不是章晟，她始终没答应。

某天，她和老同学聊天，说起高中时喜欢的人。想到章晟，她仍然心中温暖，可曾经的悸动，却不再那般激烈。

爱情仿佛一杯浓郁的冰咖啡，随着时间推移，冰块融化，味道变淡，食之无味。

06

国庆假期时，苏橙跟章晟来往频繁。

现在，他们都变得成熟稳重，不再像过去那样意气用事，他们试图重新开始。

苏橙提起被逼着相亲的事，开玩笑地跟章晟说："不如我们一起过日子算了。"

章晟也笑，应声道："好。"

听说文化广场举办灯光展览，章晟邀请苏橙去看。时隔多年，奔赴当初的约定，他们内心都充满不安。

他开车来她家门外接她，心有余悸地问她："你爸在家吗？"

她哈哈大笑，说："老爸有事出去了，没空来赶你，你不进来坐坐？"

他松了一口气："今天没带礼物，我改天再正式上门拜访。"

苏橙临出门前，看到老妈松了一口气。她知道女儿这么多年来，心里都藏着一个人。如今，她老人家嗅到好事将近的气息。

来看灯光展的人很多，人潮拥挤，他们被冲散。苏橙被挤得快窒息了，心里却在想：她和章晟，究竟是谁先放开了手？她穿了高跟鞋，累得站都站不稳，不顾身上穿着几千块的裙子，一下就坐在了花坛边缘。

不知过去多久，她听见章晟紧张的声音——

"终于找到你了。"

十七岁的她，一定会气鼓鼓地打他，指责他太慢了。

即将二十七岁的她，笑着用手扇了扇风，然后说："好渴呀。"

他善解人意地说:"我去买点喝的,你别乱跑,我很快回来。"

以前上学时,他们在周六日逛街,他给她买饮料前,都这么叮嘱。那时无论他走多远,她都能一眼认出他的背影,所以很放心他离开。

可现在,他的背影混入人海,她再也辨认不出哪个是他。

他走出她的世界很久,久到已经成了陌生人。

07

章晟给苏橙买了她最爱吃的五羊甜筒,体贴地替她撕去包装纸。

苏橙接过来,没有告诉他,她常年加班,肠胃不好,一吃冷饮就拉肚子。她咬了一口甜丝丝的甜筒,门牙磕到冰冷的金属,吐出来一看,是枚钻石戒指。这是好多年前,她很喜欢的一部偶像剧里的求婚场景。

他记忆里和她有关的信息,全是十七岁之前的她,那个早已消失的她。

"橙子,我们结婚吧,好吗?"

苏橙想了想,将戒指还给他,"对不起,我没法答应你。"

后面的一树灯光熄灭,章晟眼里的希冀也黯淡下去。

他随手将钻戒放进裤袋,笑了笑:"吃完甜筒,我送你回去吧,时间不早了。"

苏橙木然地吃着甜筒,冰得大脑放空。

章晟刚才向她求婚时,她凝望着他,浪漫的灯光下他美好如梦,但她却毫无心动。

她想起好久以前,少年和她坐在草地上,看着绚丽晚霞,许下去挪威看北极光的约定。

那时她不知道,这个约定,不会有实现的一天。

她生命里,和他有关的篇章,早已在高三毕业的那个夏天,在她将满十八岁，即将被定义为成年人前，画下句号。

只是，她始终无法释怀这样的结局。

时隔多年，当回忆模糊得如同隔着毛玻璃所看到的风景一样时，她仍尝试为他们，为她少女时代的遗憾写下后续。

她这才发现，无论怎么续写，都无法与埋藏于记忆深处的感情衔接上。

他求婚这一刻，她决定老实地承认他们早已走到尽头。

章晟也是知道的。这些年，他有过不少女友，却无法稳定地在一起，不断地认识新的恋人，猜疑、争吵，继而分道扬镳，耗尽他除却工作以外所剩无几的精力。

当她开玩笑地说一起过日子时，疲倦的他忽然觉得这个提议不错。

找过去的恋人结婚，意味着不用从零开始认识彼此，失去过一次的东西也不用再患得患失，多省事。

既然她拒绝了，他也没法挽留。

08

苏橙跟章晟的事告吹，老妈气急败坏。

她举着鸡毛掸子要打她，"我给你找的，你都不要！你自己找的，你也不要……算了，我不管你了，以后被人欺负都没人帮忙时，你别后悔得哭出来。"

苏橙突然明白，老妈为何急着催她结婚。前几年，老爸患上糖尿病，老妈也查出肾结石，两人的活力似乎瞬间被抽光了。那时她还跟女儿感慨，说他们都老了。

老妈在害怕，自己以后没法保护她。

虽然鼻子有点发酸，但苏橙还是傻笑着蒙混过关："我自己会保护自己。"

很多人即使不再相爱，也能继续过下去，例如她的父母。在他们眼里，爱情不过是调味剂，不是必需品，房车和面包才最重要。

可章晟毕竟是她至今为止，唯一真心实意爱过的人。

他们的爱只剩残骸，假若她以后不会再真心爱谁，和谁过日子都没什么区别，为什么非要选章晟？

反正她单身至今，照样活得挺好。

这些年，她不变的只有这份倔强。害了她，也成就了她。

假期结束，苏橙拖着拉杆箱回到深圳。那座城市，有着许多和她一样单身的年轻人。她混在其中，活成现在的样子，充实而独立，并不失败。

她上车后很快睡去。梦里，她回到水库边，十七岁的少年指着绮丽的晚霞，朝她微笑。

"等长大以后，我们一起去挪威看北极光。"

既然你我已经拥有过一场美梦，那何必再为梦醒后的现实而叹气？

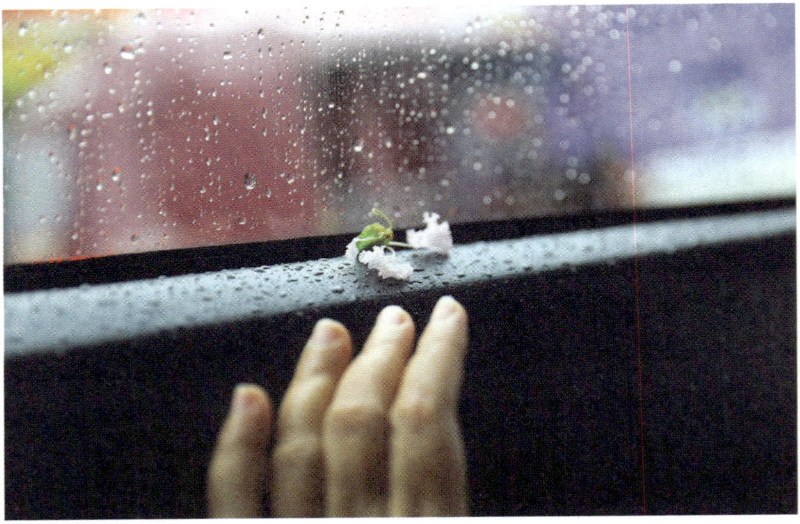

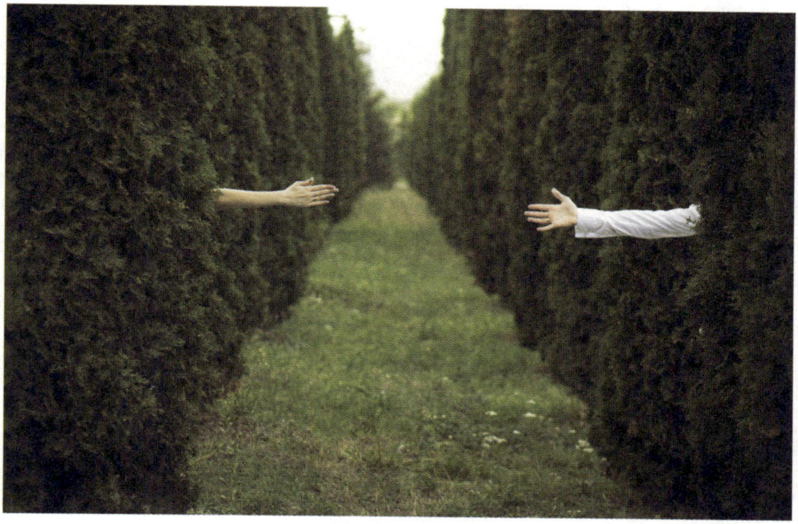

原来,花瓣得不到花的美丽

01

谢辰喜欢她的老师陈磊。

谢辰十七岁参加高考,小城市里的文科第二名,分数越过了一本线几十分,愣是没上成武汉的名校。她的第一志愿带着她去了冷得骨头疼的哈尔滨,跟那些爱看《船舰知识》《兵器》杂志的男生们读一个大学。

谢辰喜欢的陈老师并不授课。

十八岁的谢辰摘下口罩和围巾,站在索菲亚教堂门口喂鸽子。谢辰的行踪就只有林海洋知道。有一个人知道,就不算寂寞。

谢辰喜欢的陈磊比她大十岁,在学校学工处上班,完全没有老师的架子,亲切得就像所有学生的好兄弟、好哥们儿,唇红齿白,高大活泼。

十六岁那年的夏天,谢辰到武汉的亲戚家玩,偶然看到了一个青年创业汇正在举办青年人才辩论会。每个参与的人都被标注出身份、工作单位。散场的时候,陈磊跟一群人在交流中心附属的咖啡馆聊天,哈哈大笑的时候,隔了两张桌子的谢辰心里就雪崩了。

原来真正爱上一个人,是这样满心惶恐和悲伤的,当时的她就是一个标准的花痴少女。

治疗花痴的办法只有一个。

去找他。

02

谢辰去找了。

而今她和喜欢的人只有一步之遥,唇红齿白的陈磊忙着跟嘉宾说:"老师,您别怪这孩子,她实在是太老实了,不爱说话,招呼不周,您多包涵。"

只有参加他负责的活动,她才能离他这么近。谢辰积极参与,主动靠近。陈磊呼吸的热气向谢辰的脸上喷过来,她深呼吸,然后喝光了一大瓶格瓦斯,没酒精,也醉得满脸通红。可惜东北太冷,冻得人根本看不出一个女孩的脸红。

零下二十度的哈尔滨,地上的雪总是不融化,又干又细,就像攒了世上所有的盐,可以随时用来腌制所有不高兴的心。

林海洋不高兴,心像被腌制过一样。

"西安大把的学校,来这么冷的地方,你是不是傻?"

"没人逼你喜欢我,可你还一直跟着。你更傻。"

"傻,我也乐意。"

谁也没法阻止林海洋把第一、第二、第三志愿都填一个学校。

"我要是真考上了第一志愿留在武汉,你就自己在这儿吹冷风、看冰雕吧。"

"退学再考呗,哪个学校我考不上?"学霸林海洋的人生没有低分这个选项。

"你是傻瓜。"

"你是笨蛋。"

谢辰跟林海洋分吃一碗锅包肉,傻瓜和笨蛋决定一起去中央大街买冰棍吃。大冬天的,越吃心越凉,能止痛。

大街上,漂亮的外国女生在跳跃拍照,谢辰建议林海洋:"你要不找

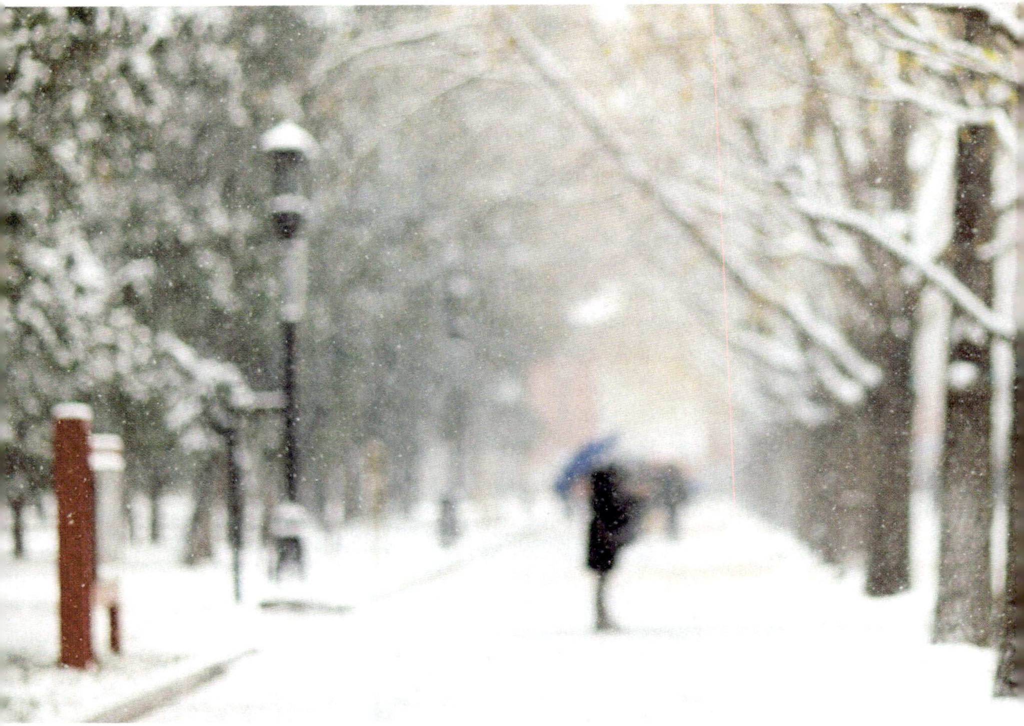

个外国的女友呀,颜值高,我看了都动心呢。"

"不,我就爱你这种。"

"什么意思,你是说我的脸不好看?"谢辰一巴掌抽过去,林海洋抓住她的手,再往自己脸上凑。

"呸。"

经过索菲亚教堂的时候,林海洋进去了,谢辰没进去。俄国人只用红砖就盖了这么漂亮的建筑,可是漂亮的东西除了保存和参观,还有什么用?

她一边喂鸽子一边思考,爱情真的太奇妙了,有时能让人兴奋、开心得不行,有时又令人痛苦、绝望。你想谈情说爱的人,没有跟你谈情说爱。

至于林海洋,他想谈情说爱的人,却只想跟别人谈情说爱。

这叫什么事呢?傻瓜和笨蛋同病相怜。生活再美好,有时也会有煎熬身心的事情出现。她觉得胸口有点痛,但哭不出来。

为什么要哭?她坐了那么远的火车,勇敢无畏地来到他身边,必须要走下去。

谢辰拿出手机,让陈磊的照片占据了整个屏幕。

对着冬日耀眼洁白的阳光,谢辰轻轻地问手机:"你喜欢我吗?你知道我喜欢你吗?"

03

谢辰跟林海洋一起回学校的时候,林海洋将拎了一路的汤粉交给了谢辰。宿舍里的同学都不在,大概是因为要期末考试了,她们去图书馆用功了。站在窗户前,谢辰喝着热汤,眺望林海洋哼着歌走开。林海洋就像十岁时,帮谢辰代笔了功课后那样开心。

在中学时代，怎么玩都学习第一的林海洋肩负厚望。快六十岁的老校长觉得在自己最后的职业生涯里，一定会因为林海洋而荣耀。没想到二十年一遇的清华北大苗子，后来神不知鬼不觉地毁在谢辰手里。

感动吗？感动。自私吗？自私。谢辰发现人心太奇怪了，暖男不值钱，冰男才诱人。

谢辰从没听说陈磊有女友。有时在聚会上，男生们总起哄："陈老师，你是喜欢咱们本地的姑娘还是南方那种温柔可爱的？"

陈磊会说："最好是本地的姑娘，然后有南方的性格。"一群男生纷纷大笑。

谢辰放下手里的奶茶，将亲手织的围巾包裹好，然后去学校服务中心发快递。卡片落款名字，留言直白倾诉，心意全盘托出，就等待对方裁决了。

刚寄完快递回到宿舍，谢辰就接到一个电话。

"辰辰，吃得好不好，穿羽绒服了吗？你个傻丫头跑那么远搞什么，想死妈妈了。"

"爸爸过两天就来看你，你妈妈天天念叨，有时候还哭了。"

"你们别来了，这两天还要降温，反正就快放寒假了。"

"什么时候放假，我和你妈去接你吧！"

"不用麻烦了，你们等我回家。"

跟爸妈对话了几分钟，挂了电话，谢辰就在宿舍哭了。她从来没有如此想念过他们，自己无限依赖的爸妈，居然也如此脆弱。

小孩要长大，先从告别开始，辜负爸妈天经地义。她没有留在温暖的南方，不去西安，也不去北京，直奔哈尔滨。

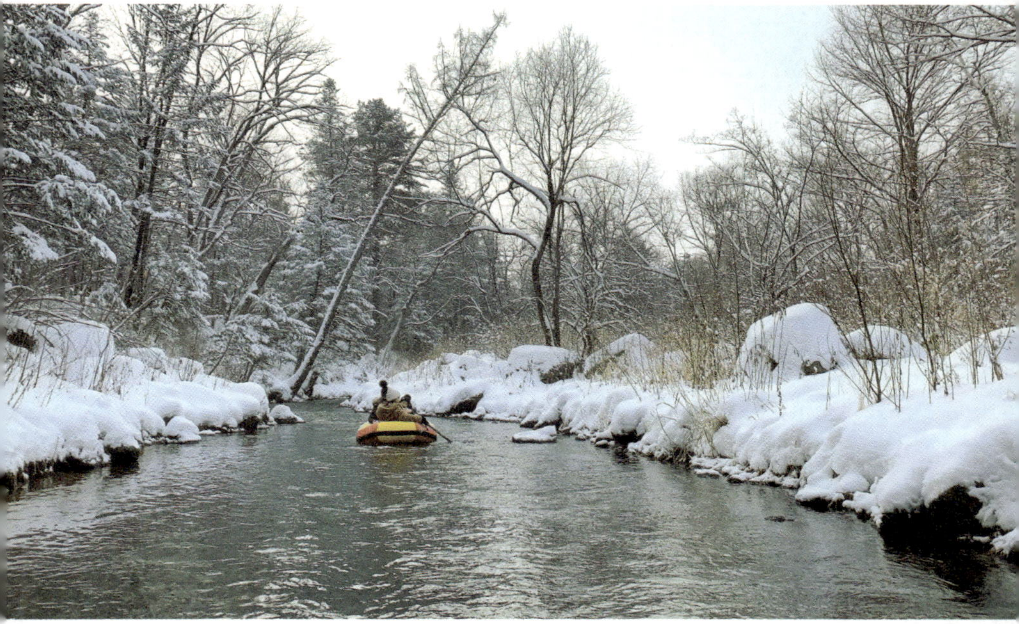

04

高中时，谢辰问："林海洋，你到底为什么这么喜欢我？烦死了。"

"我也不知道，也许以后你会懂。"林海洋像个"先知"，先知道什么叫"情不知所起，一往而深"。

到了大学，谢辰跟林海洋说："林海洋，你现在退学还来得及。你应该去念清华北大，最起码，你还可以去读武大，可以感受樱花盛开时的浪漫和温暖。"

可是她有点害怕，害怕林海洋万一真的幡然悔悟，放下自己，重新开始。

哪有什么勇敢无畏，不过是把最亲的人抛在了脑后。只有林海洋一直不离不弃，死缠烂打。

林海洋说："我等你。"

谢辰忽然想起来，小时候去公园玩，掉了帽子，回家的路上才想起来。后来她嫌远，也没回去找，心里懊恼。那时，小女孩就发誓，以后要牢牢抓住心爱的东西，千万别让自己后悔。

林海洋不是帽子，是备胎。她从来没喜欢过他，她知道林海洋一定会选她选的大学。她人生中第一次最重要的冒险，有人作陪，她并不孤独。如果世界上有另外一个自己，另外一种比爱情更加深沉的爱，她愿意将两者都献给林海洋，以弥补现在对林海洋的伤害。

但现在不行。

05

三天后，谢辰收到了陈磊的回复，并按他说的地点赴约了。

沿着长长的冰河，谢辰看见一个渺小的黑色影子在挪动。他们似乎遥遥对望到了彼此。她满脑子都是陈磊，没顾得上那个眼熟的影子。

谢辰和陈磊打车去了松花江畔的老店，吃了一顿鲜美的饺子。

在冰冻的河面上，一个晨练的老头儿跟自己家的黑狗玩耍。老头儿踩到了河面冰块薄弱的位置，脚被卡住了。

林海洋看到之后，跑去救老头儿。可一个不小心，林海洋的半个身体也陷了进去。

06

后来他们全被救了，但是林海洋因为在寒水里浸得时间有点长，患上了严重的肺炎，险些丢掉小命，打了十五天吊瓶。虽然他做了一件好事，但在他父母的眼里，儿子受了很大的苦。为了一个女孩来到寒冷的哈尔滨，结果也没和她谈成恋爱，这次父母特地飞来哈尔滨，将儿子接回家。

为什么舍身救人？林海洋对来采访的新闻记者说："这是每个当代大学生都应该做的。"

这个答案很标准，但林海洋把真相埋下，不打算说出来。

绝望的人，会觉得自己没有什么价值。那天，他沿着冻住的河慢慢走着，抬头看见老人和黑狗遇上麻烦，他奋不顾身地伸出援手。

因为救人而默默消失，不失为一个很好的安排，对全世界都有个合理的交代。

在一个雪不大的清晨，林海洋一家人被的士接走，坐飞机回了南方。

得知林海洋已经被父母接走的消息，谢辰一口气狂奔一千多米，气喘吁吁地去了林海洋所在的男生宿舍楼下。

"干吗？"林海洋的舍友问。

"也没什么重要的事，就是看看他有没有落下什么东西，我回头给他带回去。"

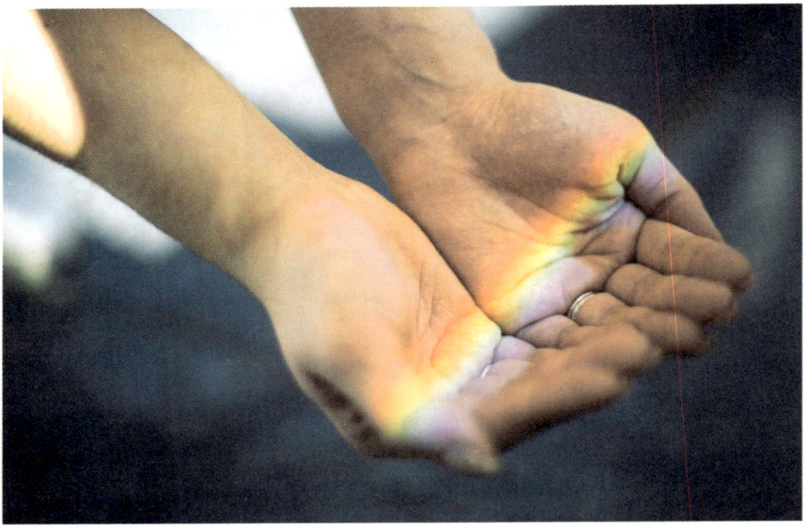

"你才来啊！我们都知道林海洋喜欢你，这家伙真是没救了。你心也太狠了吧！他那天就是去追你，才遇到这事的。"他的舍友这样怪罪着。

谢辰无言以对。她的告白，被陈磊拒绝，因为陈磊已经离过婚了，孩子归妻子，他不想投入新的感情。况且跟学生谈恋爱，更加不可能，他还没傻到为了恋爱丢工作的份儿上。这些事，他只好单独见面说清楚。

谢辰早就做好了心理准备。她只想跟喜欢的人正式约会一次，顺便被林海洋目睹一切，让他彻底死心、放弃。

可她没想到会发生意外。

林海洋的舍友给谢辰看了一段录像。

一群男生一边喝酒，一边玩真心话大冒险。

"林海洋，告诉你爱的那个人，你爱得多真、多深刻。"

"不。她好，我就好。"林海洋笑着摇头。

"林海洋，真爷们儿。"舍友们纷纷赞叹。

谢辰哭了。

雪在头顶飘落，谢辰穿过红旗大街，边走边给林海洋发微信、发短信："要走一起走，我们南方见。"

07

在飞机上，前排的父母还在指责着林海洋，他们也在后悔，当初他们该决定林海洋的大学志愿，不该由着他胡闹。

林海洋静静地看着外面，地上灯火渐渐缩小，他想着，自己怎么会为了一个女孩那么折腾？一眨眼九年了。

可是折腾以后，得救了。在冰水中，他的大脑无比清醒，宛如洗礼，他本想就此沉下，但他又觉得这样子，谢辰会觉得都是她害他的。林海洋挣扎起来，一手抓住老头儿，一手抓住了狗腿，胜利上岸。

这九年有意义吗？林海洋笑了，他很佩服谢辰。向所爱的女生，借一点勇敢。

先有你的一路不停，才有我的走到最后，虽然我们两个人的结局不一样。

完完整整地追过自己喜欢的人，虽败犹荣，不会后悔。下一次，他要把心交给一个会接纳他的女孩。

其实在登机前，他就把自己一直用的手机扔到了垃圾箱里。

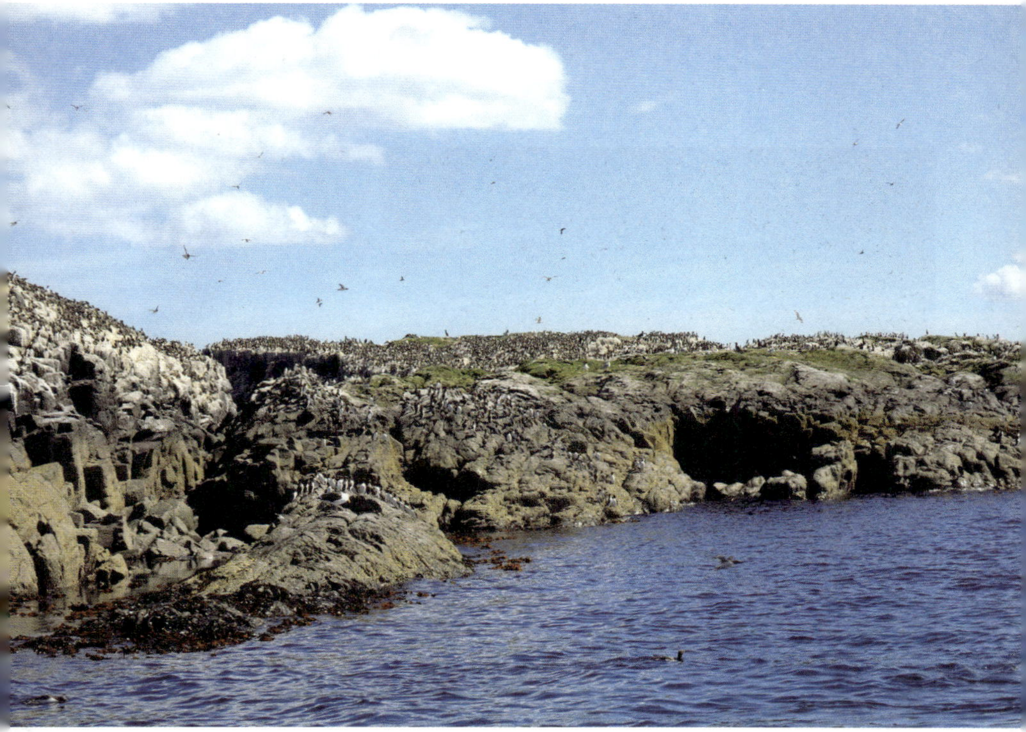

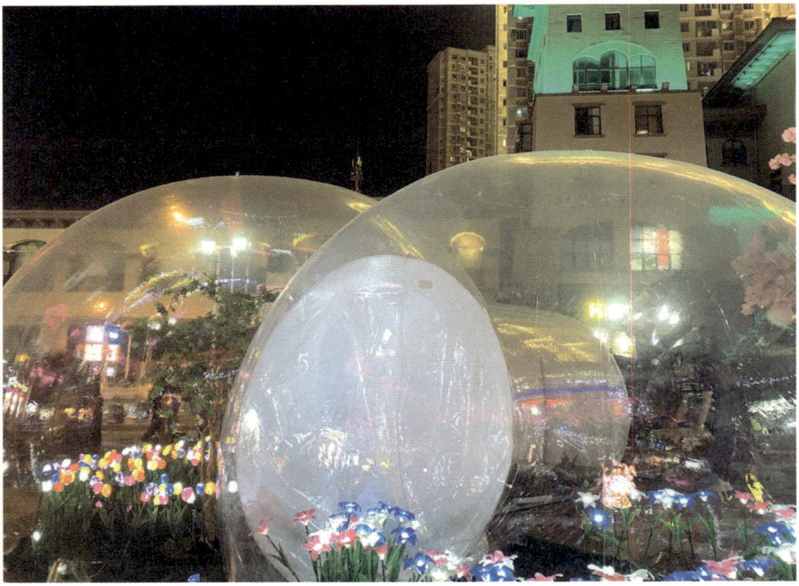

小小的坚强留给自己，大的坚强送给队伍

01

被甩的第一天晚上，我喝到酩酊大醉，在街上撒泼、耍赖、打滚，最后是被两个交警架着送到小区的保安处的。第二天，我在物业管理所里裹着军大衣醒来。

模样有点难看，人不像人，鬼不像鬼，怪丢人的。

物业的大姐也觉得丢人，嫌弃地说："多漂亮的小姑娘啊，不就是失个恋吗，还要死要活的，姐姐我都失恋八百回了……"

物业大姐是出了名的话多，小区里的人不怎么敢跟她讲话，就怕她一拍大腿，说："哎呀，你听姐说……"

我实在没心情听她接下来讲的失恋故事，赶紧扔下军大衣，飞快地往楼上跑，一口气跑上了七楼。房门关得死死的，我站在门口敲了敲门，期望能有一个人来为我开门，半个小时过去，没有得到任何回应。

林山带走了自己所有的东西，空荡荡的两居室让人惊觉寂寞。我灌了自己一大杯热水，终于回过味，七年的感情还不如小三的一句话。

02

我和林山都不是喜欢结交朋友的人，搬到这个小区近两年，认识的人只有彼此。他的消失，令我陷入了窘境，我失去了最后一根救命稻草，我

讨厌安静和冷清，厌烦单打独斗。

我只好把所有的灯都打开，把电视的声音开到最大，电视上女主角撕心裂肺的叫喊声差点震聋了我，长相秀美的女主角因为扭曲的五官变得很丑。

而我，哭起来未必比她好看。

就着哭声，我在客厅地板上一觉睡到了天黑，最终被物业大姐的敲门声吵醒。

我呆坐了几秒。等到敲门声消失，我才从地上爬起来。

我很想表现出一个失恋女人应该有的姿态，可是电视上女主角哭哭啼啼的声音让我没办法继续下去。

于是，我尝试登录林山还没来得及改密码的微博，把小三所有的微博都举报了一遍，举报名目是该作者发布虚假消息，本人比照片丑太多。

当然在最后，我还送了林山一份大礼包，我用他的微博晒了一张我有史以来最丑的照片，用痴心汉的语气发微博：该女子美若天仙，我被迷到不行，可惜她一脚踹了我……

不到一秒，林山果然给我打了电话。

我当然不会接。蹲在沙发上看他打了一遍又一遍的电话，画面就好像他跟小三在外鬼混时，我一遍又一遍地给他打电话，他假装没听见时一样。

我被自己气笑了，大约这世上再难找到我这般可恨之人。

之前有人说过："人要狠一点，这样以后就没有人敢欺负你了。"

这个人就是我的好友毛猪，她割阑尾之前被误诊为肝病，男友一走了之。可当她割完阑尾，在修复期间只能喝粥度日时幡然醒悟，比起吃不了火锅的痛苦，失恋真的不值得一提。

03

我足足把自己关了三天,物业大姐又来敲了几次门,我都没搭理,直到手机里开始收到莫名其妙的短信。

"你好,我是小区的物业管理员。业主张小姐,我想说,失恋是这个世界上最平常不过的事情,你要看开点……"

"不会吧,你真想不开啊?"

"我说,你吱个声啊,也好让我们知道你现在是什么情况啊!"

还真是个毫无同情心又爱管闲事的大姐。

托大姐的福,我打算出去走走,以此证明自己还是个正常人。

我不仅要出去,我还要祭奠逝去的初恋,就在当年和林山第一次相遇的放映厅大门口的那棵大槐树下,我立了一块巴掌大的墓碑,上面用签字笔写着林山的大名,这可能是我有史以来字写得最好看的一次。

大一那年,林山在学生会影院做放映员,我临时被室友放鸽子,一个人傻兮兮地攥着手写的"电影票",在门口转悠了近两个小时。电影都放完了,我还没敢走进去。我不敢一个人看电影,总觉得在人群里,会显得自己很孤单。

林山再也忍受不了我的磨叽,从放映室里探出个脑袋,指着我说:"要不,我陪你看?"

电影已经散场了,林山又重新播了一次。那天晚上,整个放映室里就只有我们两个观众,我娇羞地跟他并排着坐在一起,听他时不时地透露剧情。

年少的我们很容易被对方吸引,一颦一笑都牵绊着对方。

04

工作以后,林山很少陪我去看电影了。

分手前几天，我们还约好去看《变形金刚4》，那时林山满口答应，一点也不像变心的人。我依然买了两张票，为了不显得一个人太孤单，我在三楼买了麦当劳套餐和一大堆零食堆在空位上，霸占了两个位置。

电影播放到高潮，我"吧唧吧唧"啃着鸡腿，听见隔壁的女生靠在男友怀里问他："擎天柱不会死吧？嘤嘤，我好担心……"

男生拍拍她的脸，柔情蜜意地说："傻瓜，它是汽车人……"

女孩羞得钻进男孩的怀里，嘴里还发出"咯咯"的笑声。

哎哟，这傻姑娘，她不知道打怪升级时，小妖怪死了百八十回了，主角也不可能死吗？

可能就是我太早明白这个道理，所以才会失去了林山。

电影散场，我顺着人潮走出，一切如常。周遭没有任何人关心你是不是失恋了，更加不会关心你是不是一个人看了一场电影。

看完电影后，我应该再做点什么呢？于是我发短信问物业大姐，大姐回了我："就做你平时从来不敢一个人做的事呗。"

那好吧，我决定一个人包间房唱歌。

有一段时间，林山因为害怕我孤独，就带我参加他的同学会，酒足饭饱后，一群饭前人模狗样的"大肚腩"在酒精的作用下大变样，互相搂着抱着说要找回青春，找回激情，哭着喊着："我们不能散啊，青春啊，我们要一起变老啊！"

这一群人到了KTV，话筒自然而然是要交给现场地位最高、哭得最厉害的那位，我们这些人就只能乖乖听对方的号叫。

跟林山在一起时，想的都是两个人过日子的事情。一个人的时候，就不得不去实践一个人的生活。直到我跌跌撞撞闯进了电影院隔壁的KTV，我才明白服务员并不会因为你是一个人来，不是一支队伍就区别对待。

一个人去KTV唱歌,一定是这世界上最幸福的事情,可以脱了鞋肆无忌惮地踩在沙发上,唱平时不敢唱的歌曲;也可以百变风格,偶尔撕心裂肺地唱情歌,偶尔抱着立式话筒来一曲摇滚。

总之,要唱到嗓子沙哑才罢休。

05

又是凌晨回到小区,守门的物业大姐似乎很开心见到我,非常热情地说:"嘿,你这精神状态还挺好啊!"

我没吭声,喉咙里涩得开不了口。

她见我不插嘴,就挽起袖子、摆正了身体,一副要仔细说说的架势。

"我说你别见怪啊,你别看你姐我长这样,姐当年也是十里八乡的一枝花,追过我的人能排老长的队。姐啊,也为爱情奋不顾身过。"

我终于有耐心听她讲故事了,她的故事内容是,那时她还年轻,因为相信了爱情,所以瞒着家里人退学私奔了,但和那个男人最后还是不了了之了。尽管现在听起来整个过程很平淡,但大姐当年应该也是撕心裂肺地痛过。她说这是她最难忘的一段爱情,因为这场爱情改变了她的人生轨迹。

最后,她抽着烟,装深沉。

"听姐的话,好好过日子。一个人也要活得像一支队伍一样,壮壮烈烈地来,壮壮烈烈地牺牲。"没想到,物业大姐平时还看点书。这句话我知道,是我崇拜过的一位女作家说的,我将她奉为我的女神,想必是活得很自在的人才能说出这般话来。

像优惠券那样攒足耐心，倾听当年的回声

01

夏微识，那段时间你对我的服务是全心全意、一丝不苟的，我认为可以给你颁发服务行业的金章了。早上，你把拖鞋套到我的脚上。晚上，你把楼下小店等到打烊，因为我一定要吃零点收工前的臭豆腐，我总是边吃边问你臭豆腐香不香，其实我知道你看见这黑乎乎的东西就烦得要命。

我一直没有察觉，你回答我的语调开始有了一点点变化。这个变化，我是在我们即将结束爱情那天的中午发现的。我跟你说过，我一辈子最大的梦想就是睡觉睡到太阳落山，所以下课以后，你在外面兼职做工，我在家与枕头亲密不分。考试来了，由你整理笔记要点，我只需要略微背下，就能六十分过关。我旷课，你会到教室冒名顶替，反正老师在课堂上从来没见过我，不知道我是男生还是女生。

直到那个中午我忽然醒了，我听见电视节目在念诵着古老的诗歌，声音抒情而悠然："红豆生南国……"我忽然很想喝红豆甜汤。当然，煮来吃的红豆和当定情信物的红豆不是一种豆子，但我才管不了那么多，我拿起手机拼命给你发短信。

你回来的时候拿着一小袋红豆，脸上有些淡漠。我说："快煮快煮，大火二十分钟，然后加冰……"我说得几乎要流口水了，而你一声没吭就

进了厨房。等到你出来的时候,我在餐桌边上等得昏昏欲睡。色泽浓稠、香甜芬芳的红豆水,我吃到第三口,突然看见里面漂浮着一个玉米粒,我一推碗,地上"哗啦"一片。我还没来得及矫情,没来得及把自己投到你的怀抱里,你就摔门而出。

你丢了一句:"你太难伺候了,老子不伺候了。"

02

大二那年,我在食堂吃着恒久不变的炸得金黄鲜脆的大藕夹。我有点孤僻,所以一个人的时间很多。我和男生不打交道,我吃东西默默不语,我喜欢默默地喜欢我所喜欢的东西和人。食堂怎么能把平凡普通的食物做得如此百吃不厌呢!

我一口一口地咬着,不看任何人。你就坐在我旁边的桌子上。你挪动了,坐到我的对面,我丝毫没有理睬你的意思。我意犹未尽,还想再去弄一块藕夹,你忽然夹起一块递到我的餐盘里。怎么就那么巧呢?你的盘子里也有一块?这是不是你的预谋,如今已成悬案。

我有些纳闷儿地抬头,看见你一副快吃快吃的表情。我没说"谢谢",你也没说"别客气"。

你跟我说,我埋头认真吃东西的样子,好像是一个可以白头到老的小媳妇。"去去去,谁是你的小媳妇!"我把话说完才意识到错了。因为你只是说像小媳妇,没说是像你的小媳妇。

你看我的眼神,充满柔情。

柔情,是多么简单的两个字,但力量强大,胜过十个海洋舰队。你的柔情是一张网,我只能想到这样俗气的比喻。我是漏网之鱼,但我却奋力一挣,跳回网里。

后来的事实证明,你看走了眼。

03

我要你给我一个合理的解释，你说你找到了一个比我温柔一百倍的女孩。我嘲讽你："那姑娘是火星来的恐龙，还是《怪物史瑞克2》里那样的胖妞？"你的话冰冰冷冷："恐龙和胖妞都比你有人性，我真后悔和你一起去看电影，因为根本没空看电影。你究竟当我是男友还是男用人啊！"这部电影后来还出了续集，史瑞克也遇到婚姻和爱情的危机，陷入哀叹中。

你摔了自己的电话，摔了门，又摔了我的电话。从前这些事情只有我对你做的份儿，现在世界颠倒了，我的天空也倒塌了。我再打你的手机，关机，关机，关机。我找到你的宿舍、你的同学、你的辅导员，他们告诉我你南下了，理由是有家大公司愿意要你，你提前试用去了。

我承认，你没能够完完整整看一场电影。就好像那场《怪物史瑞克2》，我从头到尾笑得快活，我还向你要爆米花、要可乐、要柠檬水、要南瓜子、要米脆巧克力、要苹果派，你被折腾得屁股都来不及坐热凳子。我要完了零食，最后要的是你的肩膀，你的肩膀被我的眼泪打湿了。你的表情很冷，你没看完整的剧情，没有了情节铺垫，你根本不明白丑怪物和肥公主的拥抱是多么令我激动。

我没料到喜剧电影也会有这样感人的结局。我对你说，真正的童话也许不是美丽的公主和英俊的王子在一起幸福生活，而应该是幸福的怪物和发胖臃肿的公主热烈拥抱。我还问你，假如我丑了、胖了，你还会一如既往地喜欢我吗？

你深情地看了我一眼，说："你好像从来没有很漂亮、很苗条过。

我知道你只是开玩笑。可我还是没忍住地泼了你一头可乐。

是你太过宠爱我了吧！

我知道我玩笑开大了。

04

那是我们第一次吵架，凶猛的，恶劣的。最后你屈服了，我的武器是分手，你不舍得，所以你当然会屈服。我想，大概对付天下的男人，此招一出，再无匹敌的。我想我的《红楼梦》没白读，爱情也如此，"不是东风压倒西风，就是西风压倒东风"。难道，我就没有过温柔可爱的时刻吗？我努力不让自己去反省，可是我还是反省了。

我的答案还是回到那一句"是你太过宠爱我了吧"！在你面前，我不可遏制，我对你的态度和对别人的截然相反。后来是你反过来安慰我，你说，因为你是我最爱的人，最爱的人就是拿来出气的。

那一刹那，我有过一点点的乖巧温柔，我在你的怀抱里，喃喃地说："从此以后，我们都要在一起。"你说："小媳妇，我跟定你了。"

小媳妇，小媳妇，你叫得这样顺口，我听得也已经习惯了，习惯到我就是你的小媳妇。

可是，你已经不要我了。

这已经是六月二十八日了。

距离学校限定的离校时间六月三十日，还有两天。

那天，你买回红豆的同时，还带了一本杂志。杂志是给我买的，但我一直没有去翻。我们吵架了，我们玩儿完了。你觉得累了，你不想伺候我了。我就把杂志丢到角落里了。

05

我讨厌看电视，但我知道有一部电视剧叫《阿旺新传》。也没怎么大红过的郭晋安，因为扮演傻子阿旺，事业到中年逢春。阿旺喜欢叫他喜欢的女孩——"小媳妇，小媳妇"，他就是这样从小叫到大。

把一个女孩挑剔的心，把一段不可能的感情，叫成了真。我捂住了耳朵，我怕我一放开手掌，就会回到那个第一次见面的场景里，你该笑话我了吧。

大二之前，我所有的功课都靠自己。我的逻辑学很棒，考了八十九分，一干文科生分不清楚三段论和归纳演绎，我却学得很好。后来有了你，我成了世界上最不讲道理、最不讲逻辑的人。

我对你提要求时，逼近要星星要月亮的无理霸道的小孩。准确地说，是逼近一个向爸爸要东西的小女儿。是的，我在家里不是小女儿，只是最默默无闻、分不到宠爱的女儿而已。说得再详细点，在家里我是再婚的女方带来的孩子，礼貌照顾就够了，没有真心。

是你给了我机会。

现在我良好的逻辑学底子发挥了作用——我可以彻底改变自己，因为你离开了。但是我的改变，你看不见了。那么，我的改变是无意义的。

你的忽然离开，让我陷入了两年的念念不忘。从被爱着，到习惯不被爱着。有多痛苦，我说不出来了。

现在是两年后。

现在，我当然知道你的下落和踪影。我一直都知道，只是你一直不再见我了而已。

你结婚了。

只有收到邀请的人才能参加婚礼。你有没有再与我联系，我有没有赠你祝福，我们有没有在电话里说些无效的话，都已经不再重要了。

06

你从我那里搬走了，但你的教科书、你的自考资料、你的功课笔记、你的杂志，全部都没带走。我留着你的东西，活生生是作茧自缚的傻瓜。我现在在清理，准备彻底当废纸卖掉。

你的东西都要当废纸卖掉了，为什么我还那么认真、那么仔细地翻你的东西，手掌贴着那些泛黄、满是灰尘的东西那么近？最后只留下那本杂志，我翻开了那本你买的旧杂志——2005年第七期《读书》。杂志里掉出一张2005年的麦当劳优惠券。在这张优惠券正面的最左边，青色底色印刷着"优惠二十四招式"。这张优惠券丝毫没有被撕裂，完全没被用过，它就这样过期了，像没来得及开始的爱恋。那些记忆散落了，不知道源头了。我觉得好悲伤，像在水里无法呼吸一样。

你终归没能花掉的优惠券，就像是所有走失了的爱情，最后都不留痕迹。那一年，出了卡罗比牛肉卷饼；那一年，我们就要毕业了；那一年，你要向南，我要向北，我们的关系崩溃了。

把这张优惠券再翻过来，在它的背面，有这样一句话——"我跟定你了"。2005年，你拿着它的时候，是想要和我去吃的吧！这才是你想要说的话吧！因为我看见在这句话的旁边，写着我的名字。

如果我看见了，我就不会在你骤然离开的时候，坐在原地对你喊："夏微识，你走开，我不稀罕你的伺候。"我喊完，大声痛哭，我总以为你听见了，然后会返回我身边。可你没有。

人生也再不可返回。真正的童话，是你永远会在心里记得我，而我永远这样怀念你吗？

你没有背叛我，我知道你从来没有。

是我想要的太过奢侈，是我把我们的爱情挥霍尽了，你只能离开我。至此之后，只能空留回忆。那就这样吧！

第3章

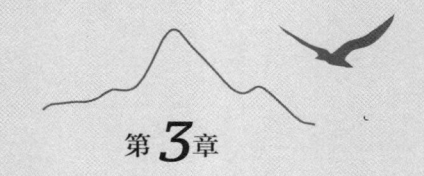

恋是孤单之乐曲，
抚慰流离的音符

到如今的岁月

我仍然记得

你在我心里缓缓下雪的样子

庄严深奥

又温柔溶解

浓烈的沉默，消逝了整个青春的喧扰

01

新生入学的时候，蔡哩很委屈地跟学生处的处长说这个名字不是她取的。确实，这个世界上有几个人的本名是自己取的呢？处长吩咐旁边的女秘书，说："电脑没办法输入哩字，那就手写好了。"

林照深排在蔡哩的后面，插嘴说："怎么会没办法输入，美女，你多翻几页找找，一定有，我在浏览器上搜索啫哩膏都能打出来，肯定有这个字。"这话等于间接批评那个女秘书工作不细致，光顾着欣赏自己的水晶指甲了。女秘书瞪了林照深一眼，然后开始重新打字。但很明显，刚才他说的"美女"，让她心花怒放。

从行政楼出来，蔡哩埋头跟着几个女生乖乖走路，一路走到女生宿舍。林照深也跟在后面，因为他要送自己的女友回宿舍。很巧合的是，他的女友黄苏子和蔡哩住同一栋楼——位于马路边上的新建宿舍十号楼。

站在走道口，黄苏子要去下卫生间，在林照深说"快去"这个空当，刚才一路都面无表情，连句"谢谢"都没说的蔡哩，忽然冲林照深点头，"多谢！"结果林照深摸摸鼻子，说："你的名字很有特色。"

他穿着条纹T恤、蓝牛仔裤、白球鞋，是最佳搬运工的套装。蔡哩觉得空气凝固，呼吸急促。等到黄苏子回来，林照深帮她搬运大大小小的物品，还不忘记闲扯。

林照深说，他高考那几天晚上还在疯狂地看吕颂贤版的《笑傲江湖》，高考结束那天刚好放到大结局。他说话时的样子很狂妄，令人侧目。

蔡哩忽然觉得他有那么一点令狐冲敢于主持正义的味道，比如刚刚新生注册时，他帮她说话的小插曲。

蔡哩承认自己的名字比较古怪，但她觉得林照深女友的名字也不简单，那是念中文系的女生会用的名字。但黄苏子的专业是流体机械及工程，蔡哩自己才是中文系。

02

有一次，蔡哩分析黄苏子的名字。叫黄苏，寡淡；叫黄子，无味，但叫黄苏子马上就文艺了。大概她妈妈姓苏，爸爸姓黄。

林照深是个话痨，但黄苏子好像对他说的内容并不感兴趣，总是很淡定地看着他。一个活泼外向的男生搭配一个冷美人，互补心理？

见识到林照深的厉害，是在当年的五校联合辩论赛上。林照深代表本校法学院出战，一个下午有三场比赛，最后会选出胜者。在前半场比赛中，林照深妙语连珠，台下笑个没完。在对手还没说完第三句话的时候，林照深已经以半分钟八百个字的语速在自由辩论时间内反驳完毕。对手惊讶之余，忘词了。

蔡哩看见黄苏子也来观看了。女生总会因为男友来看比赛，不管是篮球、足球，还是辩论赛。但其实，女生根本没心思看内容，看的只是形式。这样慷慨陈词的男生，不应该是充满魅力的吗？

蔡哩挪动自己的位置，一直挪动到黄苏子的后排。然后，她听见黄苏子旁边的女生说："林照深怎么比女生还能说！真没安全感。"黄苏子没笑，只是点点头。工科女生的镇定似乎表明她确实也持同样的观点。蔡哩忽然有点欣喜，像是看见了一丝曙光。继续听下去，除了林照深说的话之外，满耳听来的都是其他人的陈词滥调，她意识迷糊了。

掌声如雷时，蔡哩才惊醒过来，不知道她在什么时候居然睡着了。林照深已过关斩将，拿到了决赛冠军。他是最佳辩手，他所在的队伍是胜方。

林照深得意扬扬地望向台下，看见了蔡哩貌似陶醉的表情。

黄苏子已经不在现场了，不知道什么时候撤离的。

蔡哩看到他的表情有些失望。

蔡哩却些微激动起来。在晚上的庆祝餐上，蔡哩喝了酒。她从来没接触过那辛辣透明的水刀子。酝酿万分勇气，舍命相陪。她的心头冒出一句歌词"爱情真伟大"。第一次喝酒，她却发现自己的酒量还不错。"文科男"都倒了，她还清醒着。

03

之后，黄苏子被选上去南洋理工交换学习。她在之后的一年里将在新加坡生活。在这所男生如牛毛的理工大学里，女生的工科成绩出众是值得称赞的一件事。黄苏子启程的那天，蔡哩被林照深拉去喝酒。喝到醉醺醺时，林照深嘟囔起来："文科没地位啊，没地位！"

他们的学校是理工名校，文科的教学经验少了几十年底子，难免有些弱。林照深拉来共醉的还有一群法学院的"文科男"。蔡哩觉得和这群人在一起才有共同语言。放浪形骸、逞强口舌，这样的日子才舒服！"工科男"大多长着一脸痘，直到毕业才想起该刮刮胡子再去面试。

林照深的思维已经混乱，他问蔡哩："你看过《笑傲江湖》吗？"他支撑不住身体，跌倒在地，T恤、牛仔裤上满是灰尘。在跌倒之前，他拉着蔡哩的手，蔡哩面红耳赤、不知所措，最后他们一起跌倒了。

直到第二年春节，黄苏子都没有回来，她考上了南洋理工的硕博连读。蔡哩后来才知道,黄苏子当初是以华侨子女身份进校的。黄苏子的父母是狮城的知名画家。她与高中恋人分手,所以才来这边上大学,从而避开不想看见的人。可时光寂寞,她最终被林照深的殷勤打动。如今,黄苏子返回狮城,与前男友复合了。

这些情况,被投递到林照深的邮箱,充当善后的解释。

蔡哩说:"林照深,你也可以去读那所学校!公平竞争啊!"蔡哩自知这话中充满醋意。

林照深笑笑却不回答,好似对任何事都能容忍。此刻,他在联系不同的公司,同时还要准备司法考试。

04

后来,林照深被一家地产公司的法务部录用了。那天去上班,他穿了衬衫、西装,打了领带,还穿了一双新皮鞋。

蔡哩觉得有点陌生。黄苏子离开后,林照深常常拉着她的手。她代替了黄苏子,在那个酒会上,她跌在他的身上,吻到他的脸颊。事后,他的文科兄弟说:"旧的不去,新的不来。"蔡哩在古代诗词鉴赏课上,翻到了这句话的出处,反复看那一句"但见新人笑"。她是不是该笑呢?

她常常想起开学时,林照深油嘴滑舌地给她解围。但他属于她之后,他常常沉默,爱皱眉头,若有所思。

人变得真快。林照深的语速在黄苏子走后开始降低。作为学长给新生辩论赛做评委,他说:"放慢点,别人才听得清楚。语言的力量不在速度,在于逻辑。"

他前后矛盾。蔡哩不知道黄苏子曾经是否要他说话慢一点,做事稳一点,性格沉一点,做人成熟一点。现在的蔡哩,算是坐享其成吗?谁说得清楚。

她还没找好工作，不是找不到，只是不满意。两个人窝在租来的小房间里看剧，是吕颂贤版的《笑傲江湖》。

看到一半，林照深已经熟睡。蔡哩目不转睛地看下去。

结尾处，从前活泼娇俏的小师妹被林平之刺了一剑，不复欢快。她坐在令狐冲的对面，披着苍白的披风，面色苍白，回忆起昔日，脸上浮现甜蜜的微笑，却黯然神伤。任凭林平之如何伤害她，她不渝。任凭令狐冲如何爱慕宠溺，都被辜负。

蔡哩忽然也面色苍白了。她侧目，看着林照深，他在梦中咒骂："你还为他打掉孩子……"忽然，他的脸上又浮现出幸福的微笑，像是梦见了一些甜蜜的事情。

他与黄苏子的过去，蔡哩无从全然了解。黄苏子与前男友的事情，就更加遥远缥缈。他早已因那个女生而改变。

05

几年后，老同学们被安排到同一张桌子。林照深俨然潇洒绅士，频繁敬酒，微笑迷人。气氛十分热络。

他胖了许多，他来参加蔡哩的婚礼了。新郎非他，新郎与他素不相识，新郎是个开朗的银行小职员。她和新郎走过来敬酒，他心头紧张片刻，又瞬间平复。没人会不识相地重提旧事。果然，大家继续客套，他亦碰杯，一饮而尽，没有多话。她转身完成下一桌客人的敬酒任务，听到林照深讲起笑话，逗得那桌人哄笑起来。

刹那，蔡哩似乎看见了最初的那个男孩林照深。那个林照深洒脱不羁，拥有浪漫的心性，使她痴迷，让她小心翼翼地怀着小企图。但很快，他开始和其他人交换手机号码，以及询问最近在哪儿高就、什么职位、以后有什么合作机会……蔡哩敬酒回来，酒店闷热的空气被烟气熏染混浊，那些人，校园中熟悉无比的人，此刻陌生得如巴士上的乘客。

她和林照深，分道而行。

那个夏天，格外炎热。他送她去机场，她签约了珠海的一家公司。一路上，他寡言少语、神情阴郁，巴士上开了空调，她坐在出风口下，风冷飕飕的，他轻声说："我们换过来坐，苏子。"他丝毫没有觉察到自己的口误。他体贴入微，继续说："到了，一定要给我打电话报平安。"

她面带微笑，心已凋落。

她得到的他，早不是那个他。被别人改造过的他，虽然面目未尝更改，但心性已全非。这个过程无法逆转。

"再见！"他说。

总会再见的，直到面目也全非。

眷恋使我卑微，因为我总求着时光慢慢走

01

小谷上班的店在大学门口。店里主售炒饭，豆豉、蒜薹、咖喱、五香、川味麻辣、沪上甘甜、广式腊味……写了一百多种口味的小牌子，密密麻麻挂满半面墙。

她负责接听电话，记录外送单。每天固定重复同样的话："请问要什么口味的？""送到几栋几号？叫什么名字？""饮料要红豆沙，还是绿豆沙？"

她喜欢自己的工作，做得挺开心。

接听过同一个电话很多次，被电话里的声音吩咐过上百次要什么炒饭，小谷记住了江治这个名字。

江治是那种很贪玩的学生，在想起来该吃饭的时候，就选择叫一份炒饭外卖。这种男生在大学里一抓一大把，他们努力地把青春献给游戏。

小谷第一次见到江治是在一个中午，江治和一群男生走进店里，并拿出积分卡很骄傲地说："今天我都请了，吃饱了好通关。"他积了一千分，可以兑换十份炒饭。那群男生斗志昂扬地选了店里最大的桌子，狼吞虎咽的男生浑然不觉自己的吃相有多难看。江治起身向柜台走去，拍着柜面急切地大喊："喂，喂，我用不惯勺子，我要一把叉子。"

小谷递给了他一把叉子。

他看了一眼十七岁的小谷，忽然很多余地微微一笑，然后转身回到伙伴身边。小谷觉得她心中那座缓慢砌出的城池，在洪水到来时，倾城崩溃。一个人的微笑，竟然是另外一个人心间的洪水。

她期待这个男生常来。但男生是不会常来店里的，他仍然是打电话给她，只不过，他会比以往多扯一点："哦，小谷，我的红豆沙要新鲜的，不要冰柜里放了几天的，拜托啦！"

她一定会给他安排最新鲜的红豆沙，因为他记住了她的名字。

02

暑期的生意门可罗雀，但十七岁的小谷情愿薪水折半留守店内。她等到了男生的第二次出现，他旁边的女友跟他分吃一盘凤梨鸡丁饭。他们吃得很慢，相对无言，最后女生抬头说："谢谢，先走了。"男生望向小谷，哭了。

小谷看得痴了。后来她才明白，毕业即情侣的分别时，他们不再快活似神仙，只能分手，各奔前程。

到了夏天的末尾，城市改造规划开始，整条街要被拆除。炒饭店只能停业关门，员工也都被遣散。

小谷还是没忍住，来到已经被拆除的炒饭店。在因不断清理而逐渐减少的瓦砾中，她仰起头，左荒原，右废墟，叉子握在胸前。她忽然觉得自己告别了过去，自此以后截然不同。

叉子握在胸前？嗯，是的。当时小谷做了一件微不足道的事，她偷了一把叉子。这把叉子极为普通，在十元店的售价也不过是三元。她用心擦拭，洗净，再用手帕包裹好，收了起来。

03

在十七岁的末尾，重返家乡小城、重返学校的小谷沉默无闻，她的用功和所有人的用功相比，平淡无奇。在学习紧张的高中生活中，她的压抑情绪只有在每天吃饭时才得以短暂释放。

然后，她考上了百年名校，她没有给家长或同学一个惊喜或惊吓，她只是做了该做的。

事后的总结就比较有趣了："为什么她能考上名校？因为她懂得拼命。你们还记得吗？她总是很慢地吃饭，边用叉子挖一口饭吃边看书，叉子还含在嘴巴里。"同学甲这样告诉同学乙。

高考后，同学们散若蒲公英，大家形同陌路人。小谷没有写同学录，她不想和同学们保持之后的联络。她的傲慢，低调无比，但有目共睹。

她匆匆忙忙，从家乡小城去往更大的城市。

大二的冬天，班上一个男生送给她一条围巾，是他亲手织的。小谷收下了那条围巾，虽然看起来像一条制作失败的麻花。之后，男生请她吃麻辣火锅，她就围着"麻花"如约而至。当腐竹、土豆片、冬瓜条、香菇纷纷"赴汤蹈火"时，男生忽然举手叫服务员："再来一盘麻花。"她忍不住笑了。

能够令一个女生笑，男生多半会以为自己成功了，但其实，他失败了。等到男生吃完后，小谷站了起来，像闪电般冲向柜台，她买了单。

她只是想尝试一下，自己的心里已经装下一个人之后，是否还可以容纳其他人。

04

小谷在广州的那家公司霸占了最大的格子间，紧挨着巨大的窗户。工作疲惫时，她看看窗外，天空的光，云朵的影子，都有点触手可及的感觉。唯一遗憾的是，她的背后就是老板的办公室。不过，她应付自如。

二十二岁的小谷在大学毕业之前，就已经实习、兼职、打工，积累了很多经验，自然比同龄人多明白一些道理。所以，在二十四岁的时候，她比同龄人更早地得到了老板的赏识，获得了想要的职位。

在这栋高耸入云的写字楼里，小谷继续认真学习，她变得精致，像瓷器、像玉盘。她的银行卡里，存款已经达到了六位数。这是她之前不敢想象的，因为这跟她当年想要在原址重新开一家炒饭店的资金比起来，真的多太多了。

但是，她并没有拿一部分钱回去开店。

05

生日那天，照惯例，小谷给自己买了蛋糕。

那只不锈钢叉子她仍然带在身边。这些年，她很辛苦地保持身材，所以只在每年生日时破例给自己买一块小蛋糕。吃蛋糕时，她都会使用那只叉子。

也有男生有过疑心，问她："是不是初恋送给你的？怎么还有人送一只叉子给女生啊？"小谷回答："是。"

那些要小谷扔掉叉子的男生，都被她拒绝了。后来，她交了一个德国的男友。三年后，他们结婚了，小谷入了德国籍，但他们始终没有要孩子。又过了没多久，他们分开了。在沉闷又漫长的昼夜交替中，小谷睡得特别少，这导致她做梦梦到的内容很有限。

她梦见了"头悬梁，锥刺股"的求学生涯；梦见了收集别人丢掉的可乐杯换钱；梦见了十六岁时，厌学、厌倦一切后的主动退学；梦见了自己无所畏惧地租房、找工作；她还梦见了请她吃火锅的男生，和那条扭曲成麻花的围巾；还有那些曾经分手的人，拒绝的人。

她终于找到了江治的信息，他的个人空间里，陈列着逐年的记录与照片。

一个人度过十年，需要十年的时间。查阅一个人的十年，只需要十分钟。

他读完大学，进了公司上班，又辞去工作，去攀山。一次失事，他以为自己要死掉的时候，脑子里像是放电影一般，回忆起之前的那些人和那些事。这其中包括，炒饭店那个可爱的女生，她看见他最失态的哭脸，那一刻，他觉得女生看他的眼神是喜欢他的。

然后他的老同学留言取笑他，一边慰问一边毒舌讽刺："所以呢，你要去找她吗？把这个可爱的女生的心骗到手吗？"

他回复："算了吧，人海茫茫，物是人非。如果当时真的在一起了，哪还有什么美好回忆呀！"

06

回国，回到那个城市，回到那所大学附近，那条主干道上，以往的店面全不见了，代替它们的是高楼和精品店。小谷，啊不，她不再是小谷，少女时代的她才被这样称呼。二十七岁的徐谷，在生日这天，走进炒饭店原址对面的蛋糕店里，给自己买了一份经典芝士蛋糕。

坐在店里靠窗的位置，当她掏出自备的叉子时，店员转过身，尽力忍住笑意。横跨十年，不锈钢叉子还闪着冷硬的银白色光芒，质地不变，没被腐蚀，也不曾变形。但它的样子变得过时土气了。

她多么想呈上自己的心，无论如何，请他试吃一口，就用这把叉子，他曾经用过的叉子。然而，他说人海茫茫，物是人非。他说得很对，完全没错。

吞咽下最后一口咸甜混合的蛋糕，徐谷泪盈于睫。

那天，那时，她手里抓着一把纸巾，却始终没能走向满脸是泪的男生身边。

之后，男生走出炒饭店。她仍然没追上去喊住他。太年轻时，人容易高估命运，又容易低估命运。

因为沉默，所以错过。

她想起了某个诗人说过的话，其中有两句是"我把活着喜欢过了""我把悲伤喜欢过了"。

徐谷对自己说："我把错过也喜欢过了。"

她走出了蛋糕店，她将叉子丢进路旁的垃圾箱。她向着马路走去，向着远处的的士扬起手。

多年后的江治走进蛋糕店，他习惯在这家店买全麦面包，早餐时搭配牛奶食用。

他不是这个城市的人，但这一年，他买了母校对面的房子，也就是蛋糕店后面的小区。这里有他的青春与恋情，有他的最初与过去。他记得那双眼睛，但无法在这个世界上找到那个女生，错过就错过吧。他打算，就住在这个地方。

甜品是严肃的,总在专心催化渴求者的焦虑

01

阳光熹微,锅里的芒果泥发出"噗噗"声。

我托腮,看着傅逸年将准备好的白砂糖倒进锅内,耐心地搅拌。

傅逸年开的这家甜品店位于街角,在鳞次栉比的商铺里有些不太起眼儿。几个月前,我被同学拉来店里,吃过这里的蛋糕后,立刻被俘虏。

从那以后,我经常跑到店里买吃的,和店主傅逸年熟络起来。

我和我姐姐舒馨夕长得很像,傅逸年毫不避讳地告诉我,他和我姐姐是高中同学。

高中时,他暗恋舒馨夕,送比利时进口的巧克力给酷爱甜食的她,还送过她很多自制的甜点,结果全被毫不留情地拒绝了。

原因很简单,他的英语期中考试只考了十分,严重拉低了全班平均分,导致英语课代表舒馨夕被老师骂哭了。为此,我姐姐记恨在心,想都没想就拒绝了他。

我听得哈哈大笑,不过还是为傅逸年的一往情深而惋惜。比起谈恋爱,我姐姐更喜欢去旅行。上大学后,她的假期几乎都用来旅行。

笑着笑着,我想起一件事。

初中一年级时,有个男生在我家门口拦住我,递给我一袋焦糖色的小蛋糕。

他眼圈泛红，一副快哭出来的样子。我接过蛋糕，踮起脚拍拍他的肩膀，安慰他别难过。

他似乎不记得这件事，当我死乞白赖地求他让我暑假来店里打杂时，他勉强同意了。

傅逸年做好芒果软糖后，打开烤箱拿出蛋糕，蛋香随着热浪扑面而来。

我打量着金黄色的蛋糕，两眼放光，"今天烤的是卡斯提拉？"

新鲜出炉的卡斯提拉摆上桌，用刀轻轻划过，松软而有弹性，蜂蜜的甜香令人食欲大开。

"我沏了红茶，试吃就拜托你啦。"

傅逸年答应我来甜品店帮忙的条件是我得当他的试吃员，给他意见。

我总害怕吃多了体重上升，却又忍不住大吃特吃。毕竟人生苦短，有什么烦恼能阻止我们对美食的向往呢？

02

傅逸年的甜品店生意不算火爆，他大部分时间都闲着。

我除了试吃，也帮不上其他忙。于是，我干脆把暑假作业拿过来做，顺便蹭空调。

等我做题做累了，他会跟我聊天打发时间，或者看电影频道的电影。

那些老电影的画质模糊，我们的笑点出奇的一致，经常有客人进门，看到我们哈哈大笑，然后一脸茫然。

我和傅逸年为看电影时谁去接待客人定了个规则，那就是猜拳，输的人去招待客人。

升高三的暑假，眼看就要这样结束，我忽然想起，傅逸年似乎从没做过当年在我家门口递给我的那款蛋糕。

那种小蛋糕像马车铃铛般小巧玲珑，外层似乎有巧克力，尝起来有淡淡的酒香。我凭模糊的记忆描述给他听。

傅逸年正在打发蛋白，听我说完，酷酷地挑眉，说："你说的是可露丽，我不想做。"

"为什么？现在的你肯定能做得更好。"

"可露丽是特别的，只为特别的人而做。"

我不是他的那个特别的人，明知这点，可我还是心下黯然。

傅逸年高三时的英语试卷上，有一篇阅读短文提到可露丽，是一款精致的法国点心。

他听到舒馨夕说想尝尝这号称"天使之铃"的甜点，于是，他决定做出来，给她一个惊喜。

以当时的条件，没有专门的铜模，他试着用别的模具烤了七八次，才成功了几个。

他带着可露丽来到我家门外，却再次被舒馨夕拒绝。

他失落地往回走，觉得把好不容易烤出来的可露丽丢掉很可惜，但是他心里苦闷，实在吃不下。碰巧，遇到放学走到家的我，便随手给了我。

原来他还记得这件事。我心底忽然生出一丝期待：人的记忆会把不重要的信息自动遗忘，他没忘记，是不是代表他其实有一点点在乎我？

这天临走前，我告诉傅逸年："学校提前开学了，这周日是我最后一次来帮忙。"

傅逸年淡淡地"哦"了一声，接着认真地清洗模具。

厨房内光尘飞舞，树影随风摇曳，沉默和烤箱飘出的面包甜香一起在空气里蔓延。

我的心底有些难过，如涟漪泛开。他对我没有任何特殊感情，我出现或者消失，于他而言，并非大事。

03

周六那天，我恰好走到甜品店，快递员正在派送快递。傅逸年在厨房里忙碌，我就随手帮他签收了快递。

抱着沉甸甸的盒子进来，我才发现，他正在研读制作西式糕点的书，他多半是要出新品了。

想到以后学业忙碌，很可能无缘再品尝他的新品，我不禁遗憾。

我好奇地凑过去，他正在看的那页，是他说了绝对不再做的可露丽的制作教程。

认真看书的他，长长的睫毛一动不动，托腮的手很好看。

"你再盯着我看，我就要收费了。"

我将快递箱子重重地丢在桌上，心虚地别过脸，"你的快递！"

"那是托朋友从法国寄回来的可露丽铜模，摔坏了，你就吃不上了。"说着，他含笑斜睨我，"我改变主意了，既然你对可露丽有兴趣，那我就破例再做给你尝尝。毕竟，当初做的是失败品，没发挥出我的水准。"

听他说打算破例做可露丽，我开心极了，失手打翻了桌上的模具。

他卷起那厚重的食谱，弯腰收拾模具，怕我割伤手，所以不让我帮忙。

完毕，他毫不留情地敲了我的头，并说："笨手笨脚。"

是啊，我太笨，比不上聪明伶俐的舒馨夕。

傅逸年研究可露丽的做法，我在他身后来回踱步，问他当初为何开始做甜点。

他漫不经心地回忆："第一个发现我有这方面天赋的人是你姐姐。"

高二校运会那天，舒馨夕睡过头，没买到早餐。她饥肠辘辘地跟周围同学讨早餐吃时，傅逸年把他做的小蛋糕给了她，那是他跟家里的厨师学着做的，她赞不绝口。

学生时代，父母一致认为他学习成绩不好没关系，家里会出钱让他去留学，等他回国后，就可以顺理成章地继承父亲的工厂。

工厂生产飞机零件，他好比一个零件，从出生起，就被安排好该在的位置，毫无自由。

别人都羡慕他，他不需要努力，就能得到其他人一生都得不到的东西。

这种被决定好的人生，却时常让他感到窒息。

是舒馨夕让他知道，他有做甜点的天赋，他的人生可能有别的可能性。

我到甜品店帮忙的最后一天，总算吃到了傅逸年做的可露丽，这才发现外面那层不是巧克力，而是焦糖伴着淡淡的朗姆酒，香气让人微醺。

他的手艺进步了许多，我满足地朝他竖起大拇指。

他似乎心情很好，抬手拭去我嘴角的蛋糕屑，说："吃慢点，别噎着。"

我心跳加快，被噎得翻白眼，他递给我一杯柠檬水。酸酸甜甜的柠檬水，一如我的心情。

近来暴雨频发，我回家的路上有座桥，昨夜暴雨，大水把桥面浸没了。早上我来时，浸湿了裤脚，拿电吹风吹了很久。

待我要离开时，傅逸年提出送我，"你要是被水冲走，舒馨夕会杀了我的。"

我皱了皱鼻子，他是为了姐姐才送我，那我宁可不要他关心。可我没能拒绝他，毕竟，我喜欢他，想跟他多待一会儿。

来到石桥前，傅逸年朝我伸出手，迟疑片刻，我拉住了他的手。我们手牵手蹚过小腿深的水，他专注地盯着桥对面，而我凝望他的侧脸，刻意放慢脚步。

送我到桥对面，他忽然叹息，轻拍我的头，"再见了，小孩。"

我鼻子骤然发酸，快步往回走。

04

高三的日子过得紧锣密鼓。学校的饭菜不合口味，几个月下来，我消瘦了很多，不复暑假时的体重。

月考过后放一天假，宝贵的假期，同学们兴致勃勃地组队去傅逸年的甜品店，我也跟着去了。

傅逸年很友好地跟同学们打招呼，向他们推荐了当天的特色甜点。

同行的女生们"叽叽喳喳"地围在柜台前，讨论吃什么好。

我想说话，可面对他温柔的笑，我什么也说不出来。

近来，我一有空就给他发信息，他回复我时总是不忘叮嘱我好好学习，别光顾着玩手机。

做不完的题目使我异常暴躁，我干脆问他："你是不是觉得我很烦？"

他回我："别乱想，早点睡。"

他不知道，我被学业压得快喘不过气了，只有想起他时才会稍微好点。

可他，压根儿不在乎我。

入冬以来，天黑得快，同学们陆续离开了，我刚想告别，傅逸年却叫住了我。

"我送你回去。"他打量我，"你瘦了太多了，不会是在减肥吧？"

"我没减肥。"我低头，考虑半天还是决定告诉他，"我姐姐昨天刚从云南回来，你不去见见她？"

"是吗？"听到姐姐的消息，他竟然没有激动。

傅逸年拿起外套，送我出门。

圣诞节将至，街道上到处都是圣诞的装饰，周围很热闹，我们显得冷清无比。

经过广场，他指着彩灯闪烁的圣诞树告诉我："听说对这棵树许愿很灵，你不许个愿？"

我望着圣诞树，闭上眼默默许愿：希望傅逸年能喜欢我。

这个愿望，根本不可能实现。

他送我回到家，我打开家门时，舒馨夕站在门口看着我们。

我有种偷拿别人东西被发现的心虚，低着头走进屋，看也不敢看身后的傅逸年一眼。

姐姐叫住他："傅逸年，我送你一段路。"

我躲在门后，目送他们默契地并肩离去，如此般配。

如果我能尽快长大，褪去青涩，他会不会喜欢上我呢？

05

寒假回到家，我收到了傅逸年的短信。

他告诉我店面合约即将到期，他准备转让甜品店。作为告别，想请我这个唯一的员工吃点东西。

他还礼貌地问我什么时候能去。

思忖良久，我告诉了他一个时间。

店里没有任何客人，慵懒的阳光落在身上，我舒服地靠着椅背，手捂一杯热奶茶，眯眼戴着耳机听英语听力材料。

傅逸年把烘焙好的马卡龙放在桌上，在我旁边坐下。

"你连放假都保持学习模式呀，奶茶都要凉了，你不尝尝吗？我专门为你做的。"

见我小口小口地喝奶茶,他又将马卡龙推向我。

我拿起一颗马卡龙塞进嘴里,柔软香甜,口感很好。

他忽然轻抚我的头顶,"多吃点。"

我没忍住,问他:"关了店以后,你会去哪里?"

他直截了当地告诉我,回去接手他家的工厂,按部就班地生活。他开这家甜品店,不过是想尝试一次不一样的生活。

多少骄傲的少年在长大成人后,不得不对现实曲意逢迎?

说着,他拿过便利贴,给我留了个地址,说欢迎我找他玩。

他强调:"我等你来。"

我继续跟他聊了些无关紧要的话题,真正想问的只有一句话:你有没有一点点喜欢我?

不用问,我都知道答案。

我三天两头往他店里跑,傅逸年当然知道我的感情,但他没法回应我,因而选择假装不知道。

天色已晚,傅逸年送我回家。

等绿灯时,我盯着一家店铺的橱窗发呆。他和姐姐站在一起很般配,我想知道,我们站在一起时是否也是般配的。

傅逸年以为我看中店里的商品,他停下脚步,问我:"你喜欢娃娃?"

我凝神一看,才发现这是家娃娃屋,里面堆满各种毛茸茸的娃娃。

不等我开口,傅逸年率先走进去,他回头,认真地问我:"你想要哪个?我送给你。"

有那么一瞬间,我想跟他说:我什么都不要,只要你,可以吗?

但我说不出口,我能从他手里得到的,最多是个娃娃。

我最想要的是他的喜欢,他已经给了别人,不可能给我。

我随意选了只圆滚滚的小海豹,它作为我们离别的纪念。

他照例将我送到家门口后,转身离去,消失于夜色深处,如一个美好的梦。

春天来了,有一天,我去商业街买文具,原来属于傅逸年的甜品店的铺位被改造成了快餐店。

没有你的未来,不过是回到了一个人的从前,没什么好难过的,我如此安慰自己。

06

上大学后,我也像姐姐那样爱上了四处旅行,我的空闲时间几乎被打工和旅行霸占。

每到一个地方,我总爱搜罗当地的甜品店,琳琅满目的糕点总能让我的心情变得更好。

同学们都知道我酷爱甜点,他们只要遇到好的甜品店就会介绍给我。

大三那年春天,我和朋友去北海道玩。辽阔的原野积雪消融,坡道两边是樱花漫开的光景,我们玩得很尽兴。

乘新干线回到札幌的酒店,晚上和朋友去购物,路过洋果子屋,我推门而入。

暖黄的灯光很温馨,放在托盘里的可露丽让人赏心悦目,我走过许多城市,很少见到有卖这种甜点的店。

刚走出门,我就迫不及待地打开纸袋,拿出小巧的可露丽咬了一口。

朋友们笑我:"舒律雅,在街上边走边吃好失礼哦!"

"因为真的很好吃啊,我等不及了。"虽然,这可露丽还是比不过记忆里的味道。

前阵子，姐姐准备结婚，我们姐妹挤在一个被窝过夜，聊了很多事情。

她忽然问我："你知不知道，傅逸年那家伙当年喜欢你？"

我愣住，他一直喜欢的人难道不是姐姐吗？

似乎看出了我的疑虑，舒馨夕哈哈大笑："那家伙才没有喜欢我呢，他不过是觉得我发掘了他做甜点的天赋，把对我的感激误认为是爱情，想从我身上得到更多认可。如果他真的喜欢我，我哪还能么铁石心肠？他后来长大了，醒悟过来，才没有再对我穷追不舍。那次我撞见他送你回家，问他怎么跟你在一起？当时他说，他对你是认真的。但是，傅逸年不确定你对他是怎样的感情。"

他曾经误以为自己喜欢舒馨夕，结果某一天突然醒悟，发现自己错得离谱。他害怕我对他的感情，是在重复他走错的路。当我们太过年轻时，看事情总是太片面，很多时候都无法认清自己的感情。因此，他没有主动说喜欢我。

听他这么说，姐姐拜托他："既然你是认真的，应该知道她快高考了，所以你尽量不要和她见面。"

我们最后一次见面时，傅逸年说欢迎我找他玩，可我以为那不过是客套话，一直没去找他。

这些年来，我总是四处寻找好吃的甜点，却发现没有任何甜点能超越年少时倾慕的那个人做出的味道。正如我遇到许多优秀的人，却没法爱上他们中的任何一个一样。

我也曾期待在陌生的城市再次遇见他，可现实里从不会出现这样的奇迹。有些人一旦走进人海，就和你永别。

07

　　我吃着可露丽，看到路边杂货店在卖一种软糖，广告牌上写着"初恋的味道"。

　　在异国他乡的街道，时隔多年，我猛地醒悟过来：我所喜欢的不是甜品，而是那个做甜品的人。并且，一直都是他。因为喜欢他，与他有关的一切，都被我过度地美化。我用了漫长的时间，去证明自己真正喜欢他，这个答案，他却永远无法知晓。

　　傅逸年写给我的便利贴，早在不知不觉间被我弄丢，它连同我们不确定的未来一起消失于时光的洪流中。

　　回国前，我在机场看着来往人潮。人的一生有无数次大大小小的相遇与告别，有时候，你根本不知道自己遇见的或者错过的人，日后会成为你生命里最重要的人。

　　希望下一次，当我再遇到那个人时，不再错过他。

此后,我与你相隔的距离更加广阔

01

我到现在也没能理解张小溪到底哪里来的勇气,她竟敢给我请帖?这让我没有一点点防备,果真是杀个措手不及。如果没有记错,我们分手不过才一年时间。至于她和喜帖里仅仅是看名字就觉得挺幼稚的男人是什么时候勾搭上的,我一点也不在意。

学姐介绍的女孩今天来北京找我见面,我们约好晚上一起吃个饭。饭局约在荣锦,小姑娘在微信里嗲声嗲气地说自己没见过四合院,我答应带她去正宗老北京人开的烤鸭店试试,在一周前就约了位置。学姐听说我们是第一次约会,比我还着急。

"沈西,我可告诉你啊,小雨这女孩人不错,关键是符合你的标准呀!"

这个女孩人是还不错,我努力回想了这几个月来我们两人的交集,恰到好处,没有暧昧嫌疑,倒也聊得来。

小雨是个很好说话的女孩,我们很快就聊到一块儿去了,吐槽自己屡次失败的减肥计划,嫌弃前任找了个不如自己的现任。聊到最后,我都差点以为我快爱上她了。于是,我询问她待在北京的日期,慎重地邀请她陪我一同去参加张小溪的婚礼。小雨很豪气地一口应了下来,她非常支持我去破坏张小溪的婚礼。

"我跟你说啊,你就得治治这种人!你越是恩爱,她就越是羡慕、嫉妒、后悔!"我和小雨达成共识。第二天一大早,我特意去商场给她挑选了一条及膝裙,在张小溪婚礼那天,我希望她能惊艳出场。

02

换上裙子的小雨就是一个翻版的张小溪,小小的个子,还不到我肩膀的位置。我一直对小个子女生有怜爱之心,想当年张小溪不也是因为这个原因勾搭上我的嘛!

学姐听说我要带小雨去参加张小溪的婚礼,被气得够呛,都懒得理我了。

我承认张小溪改变了我很多,她同我一起度过了整个青春时期,我们在一起六年,我不能抹掉她的存在,但我仍然要反驳大多数人说我还爱着张小溪。大部分人都留着自己的毕业照,就算当时的你被拍得丑到爆,可它们还是会规矩地躺在相册里,偶尔翻出来看看,能把人逗得笑出声来。也许某一天,你指着跟你站在一起乖巧地将头靠在你肩膀上的那个女孩,和自己的儿孙说:"我的初恋很美的。"

小雨并不介意这些,她指着照片中的那个女孩,对着镜子问我:"我怎么看都不觉得自己像张小溪。"

她看不出来她和张小溪的相似之处,但我能感觉到。

我转移话题:"距离婚礼还有几天,这几天我带你在北京转转吧。"

小雨自然同意了。

首站,我们去了朝阳公园,我和张小溪第一次约会就是在这里。

张小溪是天津姑娘,我们是在大一入学时认识的。起初,学校安排一个学长下来接待学妹,可他以约会为名,将这份苦差事丢给还是大一新生的我头上,学长给了我们彼此的电话号码,我在电话里扯着嗓子、飙着京腔给张小溪指路："嗯嗯，对对，坐车到蓟门桥北下车……是，这儿准没错的。"

两小时后，她气喘吁吁地出现在我面前，她的额头还冒着汗，行李箱的高度都快把她比下去了。她规矩地对我说一声："学长好。"我的脸"唰"地红了，大概因为第一次被人叫学长，真的不习惯。

我当时想，这姑娘的声音可真好听，软软糯糯的，脸白白净净的，像瓷娃娃一样。我对她着迷了，搞得我不知所措，以至于我都没来得及否认自己不是学长。就这样，她误会了大半个学期，直到有一次相遇在公共课上，我才被揭穿。

03

我和张小溪很闲，有时候会去逗食堂大妈，跟她说："甜心，给我多盛一点肉。"通常她拿到的肉比我多，不过也没啥，反正最后那么多肉都到我肚子里了。

我们老爱往外跑，从来不和院里的小情侣抢校内的草坪，也不会对着湖互念情诗，我怕她吐在我身上。我们会出去玩，累了就去喝一盅老茶、吃点北京小吃。

小雨提议去我学校附近走走，我们约好在婚礼的前一天。

当天晚上，我特意去商场买了一件类似当年穿过的白衬衣，第二天老早就穿着它出现在学校外面的卢米埃咖啡馆。那时，张小溪有课不敢往外跑太远的时候，她总是一个人蹲在角落里，神秘兮兮地织围巾。我每次都从窗口看到她满足而傻笑的模样。为了满足她要保持神秘的愿望，我每次都假装没看到，距离她一米远的时候猛地咳嗽一声，好让她有多余的时间将围巾藏起来。

通常这个时候，我会故意地问："偷什么了？还藏起来。"

张小溪总抿着嘴巴笑:"到了圣诞节,你就知道了。"

最后,这条到处都是破洞的围巾被包装精美地送给了我。那天超级冷,我围着到处漏风的围巾陪她穿过大半个城区去撸串。

04

大二时,我报了兴趣班,在美术系学画画,张小溪听说后,悄悄地报了名,我们在画室遇到的时候,她还逗我:"帅哥,留个电话呗。"

我当即就回了一句:"美女,我的号码太值钱了,你出多少钱啊?"

张小溪果断甩了我两张一块钱,当着全画室人的面把我给掳走了。其实,张小溪的本意是想要我跟她去学吉他,她觉得男生弹吉他很酷,隔壁表演系不少男生都弹得一手好曲,每天死皮赖脸地蹲在女生宿舍下撒欢儿。

张小溪一直有个遗憾,就是我和她确认成为情侣的方式实在不够浪漫,她一直耿耿于怀。

当年为了能让她同意成为我的女友,我花了一笔巨款请她吃疯狂辣烤翅。据情报说,张小溪是吃辣高手,我还贴心地为她点了变态辣。没想到,她刚咬一口,当场就扔了烤翅,给她辣得不行。我一时情急,就凑上自己的嘴巴为她解辣了……那个吻,我一辈子都忘不了——实在太辣了……

张小溪特别羡慕宿舍里的姑娘被大把鲜花簇拥的画面,我答应给她一个超级浪漫的告白,绝对比鲜花簇拥厉害几百倍的那种。

只是,这个承诺还没有现实,我们就分手了。

毕业后,我去了一家影视公司制作娱乐节目,张小溪却纠结于回天津还是留下来。我当然是支持她留下来的,她犹豫再三还是留了下来,找了一份差不多的工作。原本日子可以这么过下去的,但我们渐渐开始有了争吵,她甚至不愿意告诉我她的父母来北京看她。我实在也说不清楚到底是什么原因导致了我们最终的分手。

05

我终于还是明白了我们为什么会分手。

婚礼那天，张小溪化了很精致的妆容，是很美的，就像六年前初次见她那样。她似乎一点也不诧异见到小雨，甚至还没等我介绍，她已经转头微笑着向新郎介绍我："这是我的大学同学沈西，还有这位是他的女友。"

男方像是早就认识我，客气礼貌地同我握手："欢迎你。"这个男人，成熟稳重，是那种能给人安全感的人。

"你可别尿呀，我可是为你争点气才来给你撑场面的。"小雨小声地提醒我，她看我时，担忧的小表情真是像极了当年的张小溪。

我突然发现，或许，这场幼稚的战役，从我和小雨最初达成共识时就输得彻底了。

婚礼正式开始了，张小溪被与我无缘的岳父搀着入场，欢快的《结婚进行曲》变得沉闷，我差点没忍住眼泪。她终于被送到那个男人的手上了，我最终还是没有勇气去抢亲。

主持人还在台上热闹地逗趣，全场笑个不停，我也跟着笑。直到他点到我的名字，他说邀请新娘的前任上台来说两句，大家的起哄和张小溪投递过来的玩笑眼神促使我不得不上台。

握着话筒，我问张小溪："你还记得，我曾说过要给你一次浪漫的告白吗？"

她笑盈盈地看着我，手被那个男人紧紧地握着。她说："当然记得。"

我知道，她已经不需要告白了，如今，她要的只是祝福。我一挥手，小雨便把我原本准备要"抢亲"用的告白礼物交到了工作人员手上。大厅里，响起那首她最爱的《蔷薇之恋》，此刻，大屏幕上正播放着我为她画的漫画集。故事里,一个爱穿背带裤、梳马尾的女孩遇上了一个懵懂少年,他们相遇了,紧接着恋爱了,也不免俗地开始吵架,结局是分手了,男孩默默地祝福女孩要幸福。一幕幕都眼熟到不行。画面原本足足两个小时,最终被我剪成了十五分钟,我早想好了,如果她不幸福,我就播两小时的那一版。要是她幸福,就祝福她吧。要说的话,其实还有很多,没必要说下去了,要告白的话,应该留给那个娶她的男人了。

张小溪改变了我以后的审美观,之后我爱的每个人都像张小溪。

种子在沃土下酣睡，追忆着水流的欢快

01

我的大学生活精彩纷呈，当然，我赚钱的方法也层出不穷。

最近，我加入了帮人代课的行列，一节课三十块钱。

一周里，我大部分的空暇时间都被安排了千奇百怪的课程。我终日穿梭于各大教学楼，甚至敢断言，我对我们学校教学楼的熟悉程度仅次于清洁工。

除了代课，我还在网站上更新小说。代课时间，我几乎都用来写小说了。

我不是很勤奋的人，我只是很缺钱。因为我没住在学校宿舍，而是在外面租房子，当我交完三个月押金后，近乎身无分文。

倒不是我喜欢住外面，而是我经常在寝室写小说到凌晨，室友们对此非常不满。

得知我被其余四名室友联名投诉后，纪宇帆怂恿我："住学校多不方便，我的隔壁正好空着，你不如租下来？"

和我不同，纪宇帆是富二代，他自然不愿挤学生公寓。

见我有点心动，他继续怂恿："我跟现在的房东挺熟的，可以给你要个优惠价。"

晚上，我躲在洗手间里埋头打字，身上被蚊子咬了很多包，但依旧被

舍友多次敲门提醒。无奈和烦躁之下，我给纪宇帆打了电话，于是搬出了学校。

我想到近年来单身女性租房遇害的新闻后，坚持要租纪宇帆的隔壁，因为他很高大，让人觉得很有安全感。

纪宇帆帮我把行李拎到新的住处，还说要给我办庆祝会。

话音刚落，他看到年轻貌美的女房东，就丢下我的行李，直奔对方而去。

我后来才知道自己上当了。女房东跟他透露，她家出了点事，急着用钱，偏偏租户锐减。所以，为了帮她的忙，纪宇帆才骗我来租房。

既然已经搬出来了，那我也没办法厚着脸皮再搬回去，只能住了下来。

稿费不够支付昂贵的房租，所以我不得不帮人代课。

纪宇帆这人格外花心。从初中开始，走在校园里，只要看到心仪的女生，他就会愉悦地跑到我面前，跟我说哪班的哪一个女生有多可爱、漂亮。

他的喜欢往往维持不了一周。可爱的女生太多，他能追到手的却很少，而他也不会为一段无果的感情耗费很长时间。

兔子不吃窝边草，虽然许多人觉得我长得很好看，但他却从没对我产生过想法。他甚至跟人说，认识这么多年，他对我只有兄弟情，压根儿没把我当成异性相处。

在我勉强度过经济危机后，纪宇帆来敲了我的门。生怕他又来坑我，所以我不肯开门，只是隔着门问他有什么事。

"你能不能帮我代一节课？"

我一口回绝："我只帮女生代课。"

他依旧软磨硬泡："就这一次。教授不怎么点名，你帮我去签个到。"

他还补充道:"我有件很重要的事情要去办。"

02

我最终还是答应了纪宇帆。当然,他得付比别人高一倍的代课费。

帮人代课本就提心吊胆,更别提是帮异性。

这三节课上的是固体物理学,我不敢低头用手机写小说,因为课程内容太深奥,我根本不敢分心。

教授突然点名:"纪宇帆。"

我心里哆嗦了一下,在迟疑要不要站起来时,旁边的男生先我一步,起身回答了问题。

他落座后,我仰望着他俊美的侧脸,实在是感激涕零,在纪宇帆的书上写了一句话递给他看:小女子感谢大侠相助。

他在下面写道:不客气,我跟他是同学。

我接着写道:实不相瞒,我是来给他代课的,要不是你,我就穿帮了。

他恍然大悟:原来如此,我有空时也会给人代课。

第三节课,我签了到后,猫着腰偷溜出了教室。

走出教室不远,有人叫我——

"钟缇。"

是刚才的男生,他的名字叫方澜。

我停步,问他:"你也不上课了?"

他有些紧张地说:"我想请你吃饭。"

我早已习惯了来自异性的邀请,他帮了我一把,我对他的印象不错,所以就没有拒绝。

还没到下课时间,学生餐厅里的人很少,我们很快就买好了饭。

方澜问我:"你和纪宇帆关系很好?"

"才没有,一起长大罢了。"

他似乎放下心来:"我听他提过,法语系的系花是他的发小儿,还以为你们很要好呢!"

"哪里,勉强称得上是损友。"

这顿饭吃得挺融洽的。我将纪宇帆的糗事挖出来,说得口沫横飞,方澜似乎对此挺感兴趣的。

我说完后,把发言的机会让给他,"你也说说你的朋友吧。"

他无奈地告诉我:"我没有什么要好的朋友。"

我打量他英俊的脸庞,我感觉与他惺惺相惜,毕竟我也是没有朋友的人。

我隐约觉得,方澜知道我在撒谎,他知道我喜欢纪宇帆。

从小,每当有人把我与纪宇帆联系在一起时,我都立刻否认,撇清与他的关系。

纪宇帆长得不算帅,他小时候还很胖,大家都叫他八戒。

即使他总是保护我,我也不敢承认我喜欢他,因为我怕被嘲笑。

哪个女孩喜欢的不是白马王子呢?喜欢猪八戒的人,在现实里绝对会被认为是异类,我不想被认为是异类。

大概是谎言重复多了,纪宇帆也就信了,因此他对我彻底断了念想。

03

我和方澜的事,不知怎的,传到了纪宇帆耳中。

他来敲我的门,谄媚地问:"需要我帮你追方澜吗?"

我打掉他试图来抢牛肉干的手,翻了个白眼,说:"你哪只眼睛看到我要追他？"

我跟方澜近来经常遇到，他也在帮人代课。我们下课的时间差不多，如果在学生餐厅撞见了，就会一起吃饭。

"我觉得你们很登对，是金童玉女。"纪宇帆还从身后拿出证据来，是那本我跟方澜写过字的教科书，"别不承认，我看到你们在我的书上谈情说爱了。"

恋爱中的人，即使看到两棵刚好长在一起的草，都会觉得它们也在谈恋爱。

白天时，我在楼下看到纪宇帆跟年轻女房东有说有笑，气氛极好。

纪宇帆找我代课，是为了陪女房东回老家处理家事。很显然，他打动了她。

我不想理八卦的纪宇帆，于是干脆把门关上。我可以忍受他当着我的面追其他女生，但如果让他误会了我和别人的关系，我还是会鼻子泛酸。

纪宇帆仍在敲门，从声音上也听得出他在抓耳挠腮，"其实，我是来帮方澜传话的，他想约你周末去玩。"

"地点和时间呢？"

纪宇帆告诉我，方澜要到恩师的画展帮忙，听说我对水墨画感兴趣，所以他想邀请我一同过去。

我刚答应下来，纪宇帆就认真地叮嘱我："他是认真的，你要好好对人家，你们都是我的好朋友，我希望你们能幸福。"

至今为止，追我的男生无一成功，我只是对他们不来电而已，为何听纪宇帆的口吻，好像我很水性杨花？

我翻了一个他看不到的白眼，然后对他说："不用你管，这话原样奉还给你。"

他笑道："我当然会好好对她，我跟晴晴的感情可好了，如胶似漆。"

隔着门，我的眼泪掉了下来。

考上大学后，我曾向纪宇帆告白，说我喜欢他很久了。

当时，他笑着摸摸我的头，说："钟缇，这个笑话一点都不好笑。"

他或许喜欢过我，但当我不断地将他从我喜欢的人这个位置上排除掉时，他也将我从他心里同样的位置上排除出去了。

我的爱情一直被我否定，终于，它成了一个笑话。

真好笑。

04

周末，我跟方澜去看画展。

漫步在古色古香的画廊里，他柔声地给我介绍每幅画的创作背景——和有共同爱好的人在一起，气氛真是相当愉悦。

看完画展，方澜请我吃饭。

我看到对面桌的一个小孩每用叉子卷一团意大利面时，就要往上面挤一大坨番茄酱，吃得嘴边全是番茄酱，不禁好笑。

"纪宇帆那家伙，也喜欢这么吃。"

方澜风度翩翩地向我征询道："小缇，我们在一起时，能不能尽量不提他？"

我的脊背发冷，意识到自己犯错了，便说："抱歉。"

至今为止，每当我和其他男生在一起时，话题总会不由自主地提及纪宇帆。

这些男生中，脾气好的，会像方澜一样提醒我；脾气不好的，就直接走人。有一次，我遇到一个控制欲很强的人，差点被他打一顿。

见我低头，方澜忽然抬手，轻揉我的头顶。

"其实你知道他不喜欢你，请给我一个机会帮你忘掉他。"他的手拉

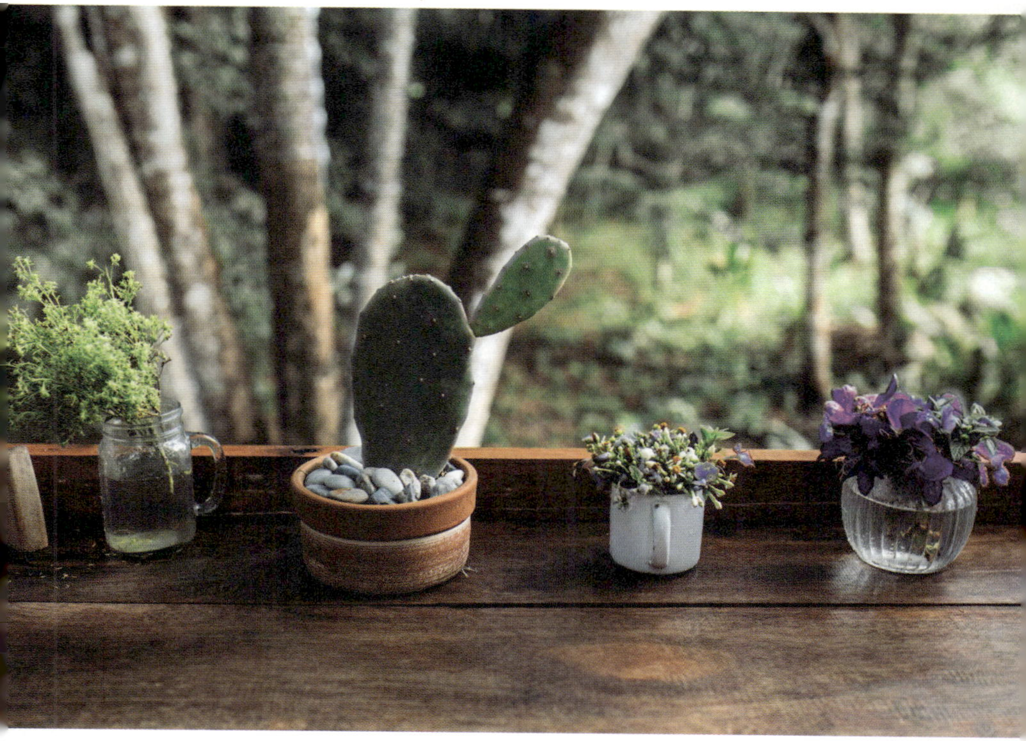

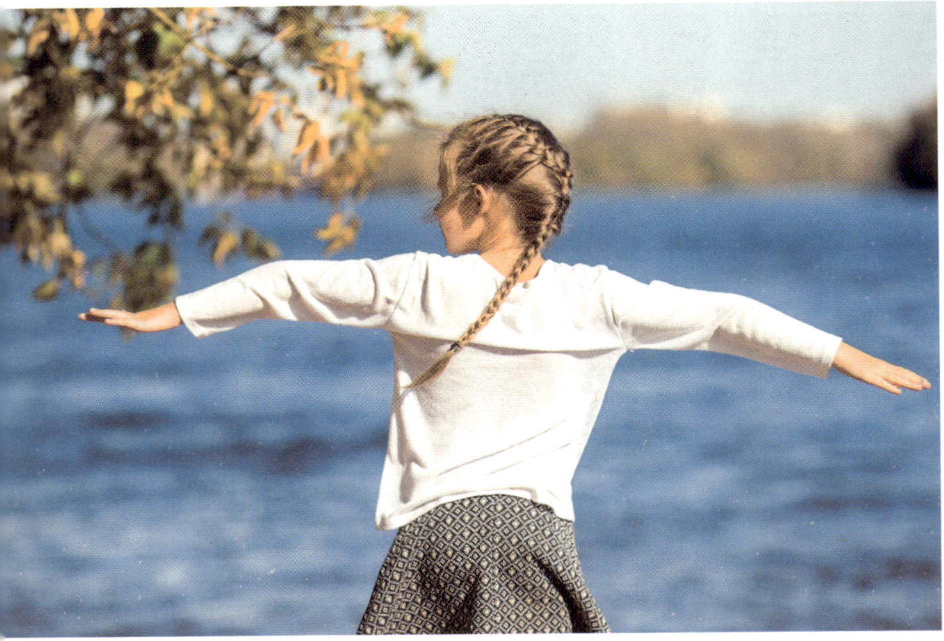

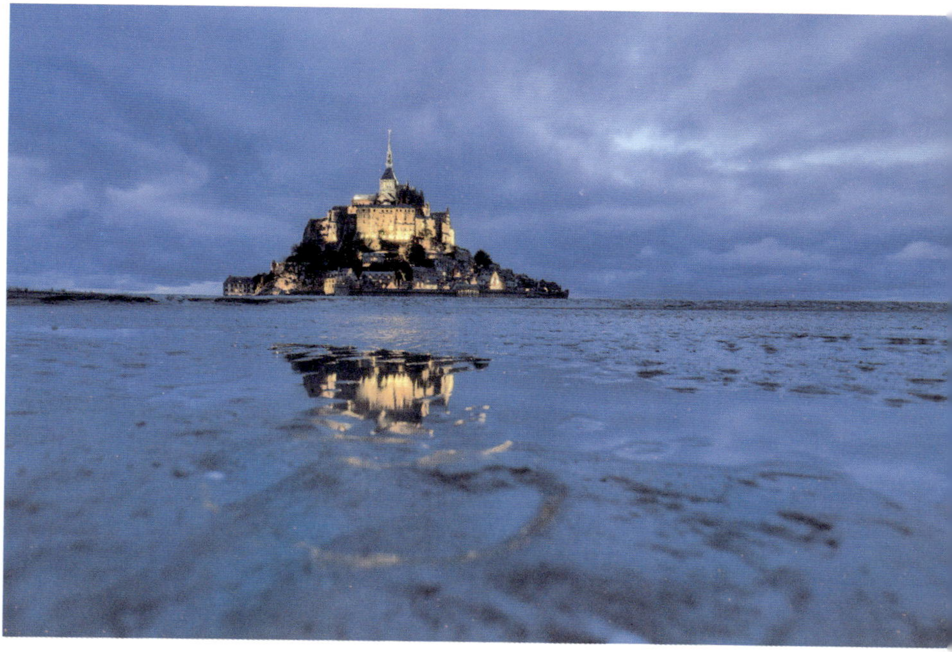

住我的手,说:"你要试试看吗?"

我抬眼看向方澜,他眼中映出我错愕的神色。

除了纪宇帆,我很少让男生接近我,现在却忽然想:我应该给方澜一个机会,他似乎跟我接触过的其他男生不同。

"那……我试试看。"

我大概是病急乱投医,所以才会答应方澜。

一整天,方澜带我到处玩。听说我经常写小说,颈椎不好,他还带我去他爷爷那里做了免费的理疗。

我惨叫不断,他在外面笑:"很快就好了,你忍忍。"

入夜后,方澜带我去看空中花园的夜景。我恐高,哆嗦着,将他的衣服下摆扯成了一只变形的风筝。他笑着伸手一指,"往远处看就不怕了。"我照做以后,发现城市灯景如星海,确实很美。

方澜送我回到住处。他问我开不开心,我如实回答:"挺开心的。"

"那我下周还有机会邀请你出来玩吗?"

我想了想,说:"下周六不行,我要赶稿,不过周日可以。要不,你来我的住处接我?"

我觉得方澜的提议或许会成功。跟他看夜景时,我完全忘了纪宇帆。

05

我回到住处后,有人敲门。

还以为是纪宇帆来我这里讨泡面当夜宵吃,我打开门一看,发现是女房东。

现在还不到交房租的时间。没等我问她有何贵干,她先开口了:"钟小姐,我想和你谈谈宇帆的事。"我立刻猜到她把我当成情敌了。

女房东叫薛晴,她言简意赅地问我:"你知不知道?这里的房源一直很紧张，宇帆来求我，说他朋友急着找房子，所以我才答应租给你。"

得了吧，他明明是想缓解你的财政危机，况且我看你这空房挺多的。

我咽下心声，小心翼翼地问她："你是来赶我走的吗？"大半夜被扫地出门，挺危险的。以我的人脉，很难立刻找到新的住处。

她嫣然一笑："这得看你的表现。你应该知道我们在交往，所以，我希望你跟他保持距离。比如，不要再让我看到，你半夜还让他进你的房间。"

她真是冤枉我了。初中以后，纪宇帆就不再进我房间里说话了。

他是关心我这个老邻居，但很有分寸，连饿了找我要泡面，都站在走廊外等，绝不踏进来。

我知道解释也没用，只好应声："我会注意的。"

薛晴走后，我看到纪宇帆发来微信消息："我在超市，之前欠你多少盒泡面？你算一下，我买了还你。"

我忧愁地回他："你女友怀疑我们的关系，上门来警告我，你把泡面钱发红包给我就行，一共七盒。"

片刻后，纪宇帆发了个红包给我。

早在我向纪宇帆告白被他当成笑话，我就发现我们的关系变得犹如一层薄冰。

他知道我敏感、易受伤，怕疏远我、害我难堪，所以，他依旧努力像以前那样对待我。

任何女孩，大概都无法容忍男友接近其他异性。他交往过的女友都不相信他既然那么照顾我，怎么会不喜欢我呢。

我对每个找上门的女生都重复同样的话："你觉得你的男友，是那种只喜欢漂亮脸蛋的浅薄男生吗？"

她们摇头，却还是无法消除怀疑。

我几乎要抓狂，心想：他要是喜欢我，你们还能有机会？我只好把这个烫手的山芋丢回给纪宇帆，告诉她们："那你去问他本人。"

结果纪宇帆的恋情在不久后都会夭折。显然，他不被信任。

我很清楚，只要我远离他，那些女生的怀疑就会烟消云散。

可我从没有这么做。

06

暑假里，我回了趟家，妈妈八卦地说对门的宇帆带了女友回家。

纪宇帆跟薛晴的恋情发展得很顺利。

薛晴没有再怀疑我和纪宇帆的关系，是因为她来找过我后不久，方澜就频繁地来接我。

我利用方澜，消除了薛晴的怀疑。

有一次，我和方澜在电梯里遇见了纪宇帆和薛晴。那个晚上，我收到纪宇帆的微信消息："方澜比我更适合你。"

你看，他一直都知道我的心意，但他无法回应我，干脆把这份心意当成笑话。他甚至从我答应和方澜去画展时，就看出我利用了方澜，他怕我伤了方澜的心，因此劝我好好对他。他没猜错，我确实是利用了方澜。

有些人，你的任何一个眼神，他都懂是什么含义。

即便如此了解你，他也不爱你。

我对纪宇帆的感情，得追溯到六岁那年。

那一年，我家经历变故，不得不住进现在这座吵闹的居民楼里。搬家前，我家的经济条件还不错，我妈喜欢给我买各种昂贵的连衣裙。

我穿着漂亮的衣服，出现在小区楼下简陋的沙池边，在那里玩耍的孩子们，谁都不愿意靠近我。在他们眼里，我是个异类。

对门的纪宇帆被我妈用一大盒巧克力收买，他答应和我玩。他信守

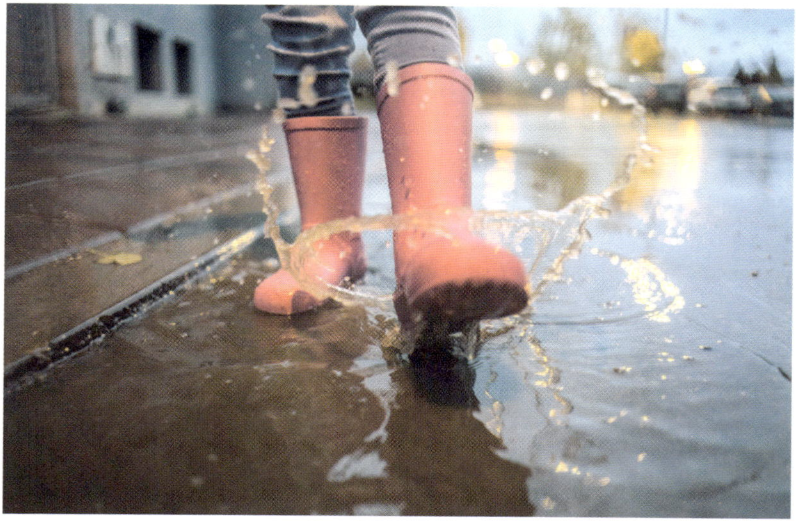

承诺，主动向我介绍他花了很长时间才堆成的砂堡。他还陪我玩跷跷板，虽然因为他太重了，我一直悬在半空中，还被吓哭了……那一天，他都在陪我玩。

哪怕中途看到其他孩子玩老鹰捉小鸡，他很想加入，但依旧忍住了。

从那时起，我就看透他的本质，知道他答应别人的事一定能做到。

回家前，我问他："你以后还会跟我玩吗？"

他乐呵呵地答应："会啊，直到你交到朋友为止，要不然我都会陪着你。"

这个"直到"，持续了十多年。

这些年，除了他，我没能和谁成为朋友。他信守承诺，一直陪着我。

我是故意的，这是我留住喜欢的人的方法。

即使薛晴不警告我，我也打算放弃纪宇帆了，我们都已经长大了，不该再死守童年时的约定。

我想通这一点，是跟方澜去看画展那天，听了他的一番话后。

他说："人的一生何其短暂，人的一生遇见的人又何其多。你看纪宇帆做得挺好，在一个不可能的人身上耗费那么多时间，并不是明智的选择。你就当爱情是试衣服，不合适的，换掉就好了。"

那一刻，我决定听从他的建议。

他大概是看出我眼中的动摇，在餐馆时，先一步开口，问要不要帮我忘掉纪宇帆。

就这样，他争取到待在我身边的资格，以及我们相处中的主导权。

我挺乐意接受他的安排的，因为跟他在一起真的很开心。

07

以往的暑假，我都跟纪宇帆一起度过。或者说，是我缠着他。

但是这个夏天,我并没有见到他,他跟薛晴去了云南。

我提前返回学校,方澜带我去了他爷爷家。他家院子里种了花,每次我来,他都会剪下一枝玫瑰送给我,这总能让我心情大好。这种浪漫,是纪宇帆所不具备的。

人总该离开小地方,去见识更广阔的世界;人总该离开某个人,去接触更多有趣的人。

夏天结束前,院子里的玫瑰花陆续凋谢。

方澜将还没完全凋谢的玫瑰花全部剪下来,做成了干花送给我。他遗憾地告诉我,入冬后,院子要翻新,玫瑰都得清理掉。

他忽然问:"我们在一起吧,好不好?"

我想了想,接过玫瑰花,说:"好呀。"

"小缇,我这算是帮你忘掉他了吗?"

"可能算,也可能不算。因为我说不准是否对纪宇帆余情未了。"

他笑了,拉住我的手,说:"真的对别人还有迷恋的人,不会这么直白地说出来的。"

看着方澜眼里的笑意,我感觉在我荒芜已久的心里,忽然有什么绽放开了。

夕阳西下,过去如一场旧梦落幕。

逝去的恋情,好比一度绽放过的鲜花,我们只需记住那份美丽与悸动,并将此深埋于心,就足矣。

还有更多的花、更好的人,值得你去邂逅、去珍惜。

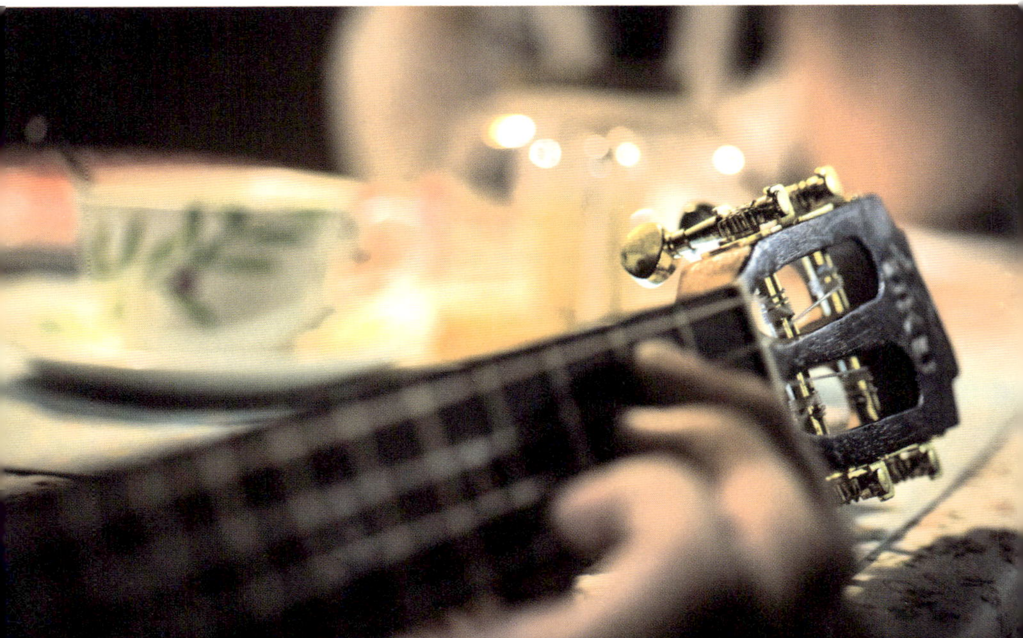

点燃心间淡红的微光，轻谈黑夜的昏暗

01

志协在女友跟他说分手的时候，正在裁纸。年纪轻轻却胸无大志，又超级内向的志协把打印了大批通讯地址的A4纸裁成了工整的小纸条。

每个小纸条都将通向一个陌生人。

世界上陌生人多到数不过来，一个人一辈子能接触到的人是有限的。两个人的关系，从陌生到相熟相好、相亲相爱，就像在电玩娱乐城成功抓到娃娃一样，纯属小概率事件。

等一等，现在的重点不是感叹人海浩瀚，也不是裁纸条，而是他接到女友亲口说分手的电话后，竟还能平静地坐在椅子上，是不是太镇定了？

镇定是二十二岁的志协最大的优点，镇定的志协拿起裁纸刀，拿着尺子和固体胶，继续把地址条贴在信封上。那些堆积如山的内刊，是这家知名房地产公司做的最后一期。

不是做得不好，而是因为现在到了电子时代，公司要改做电子版的。谈恋爱跟他的工作可真像，不是做得不好，而是时代变了，人跟着变了，有些东西再也撑不下去了，所以只好被淘汰。

揉了揉眼睛，叹了一口气，志协认真地贴完最后一张纸条，跟同事打了个招呼："我出去透透气。"然后他再也没回来。

02

大芹就像她的名字一样，身材像芹菜一样瘦高，人透着一股可爱劲儿。大家都说大芹很有才华，智商也很高。她在读书方面太有天分了，她拿到了全额奖学金，还很轻松地出国留学了。快快乐乐地读完了几年书，再回来的时候，大芹发现男生们不来找她谈恋爱了。

大芹在一家外企上班，但她并不以此为傲，因为她还年轻，她的工资也不高。

其实这也不是重点，重点是，大芹在喝可乐。性格非常开朗的大芹大口大口地喝着可乐，然后豪放地打了个嗝儿。打嗝儿是一件超级舒畅的事，但会吓到一起聚会的其他男生。男生更喜欢和乖巧的、小心翼翼地维持形象的女生搭讪。

大芹一个人继续喝着可乐，越喝越没味道。不知道为什么，大芹总觉得喝完可乐之后，牙齿有一种奇异的感觉，牙齿就像瓷器加木头做的。

还剩下最后一个独自吃菜的男生。这个男生低着头，一副没有热情、挫败、自弃的架势。所以大芹走过去用胳膊撞了他一下，问他："你是做什么的？你不想参加聚会干吗要来呢？"

男生闷了三秒钟，说："我什么都不做。他们拉我来的。"

"什么都不做？"

"我无业。"男生回答，浑身散发着自闭、发霉许久的气息。

"哦，无业，怎么不去找工作？"

"再说吧！"男生仍然没抬头。

"拜托有点精神好吧？不然干吗要出来玩？"大芹认认真真地劝告他。然后男孩就跟她说："当我女友吧！"

03

大芹跟这个男生交往了,他的名字叫志协。后来,大芹跟志协住到一起了。过了很长一段时间,大芹才知道当时的志协失恋了,一声不吭就离职了,连最后一份薪水也没拿到。

这样的男生谁敢爱?

大芹敢。

"你要待在家里吗?你要吃什么?盒饭还是快餐?"大芹在电话里大大咧咧地问志协。志协被她逗笑了:"盒饭跟快餐有什么区别?现在的快餐难道不是用一次性盒子装的吗?"

"是啊!有什么区别呢!没有就没有呗!"

大芹吃什么,志协就跟着吃什么。

虽然大芹的收入不算高,但应付两个人吃饭和住房还是没问题的。从头到尾、从上到下看起来,他俩就像是一个吃软饭的遇到了一个愿意做软饭的。如果有人这样提醒大芹,大芹会笑嘻嘻地说:"是吗?真的是吗?那就是吧,没关系啊!"

人有千百种活法,不必活得一模一样。

大芹对当前的生活非常满意。

当大芹去上班、开会、面谈客户、领薪水时,志协在家里打扫卫生、整理衣服、种菜。他在种菜方面很有天赋,种出来的菜非常好,超市里的菜和他的比起来真的差远了。

日子慢慢地过下去,有一天,大芹在吃饭,志协忽然跟她说:"喂,我给你讲一个笑话吧。"

"笑话是这样的——中学时,我因为打架被学校开除,同班的一个女生追到我家,对我说:'你走了,我怎么办?'我妈妈当时急了,问我:'你们俩有什么关系?'我也很纳闷儿,说:'没什么关系呀!'就见那女生说:

'你走了,我不就成倒数第一了吗?'"

讲完大芹就笑了,哈哈大笑,嘴里的米饭喷了出来,喷到了志协的脸上,志协也大笑起来。

04

再见到前女友是在一个天气晴好的日子里。志协跟售货员说说笑笑后,坐回桌子,打开文件夹看资料。这是他自己重新找的工作。因为在家待着有些无聊,所以他就找了一份兼职。赚了钱之后,他给大芹买了礼物,也给自己换了一身衣服。换装后,他整个人看起来有些不一样了。前女友犹豫了一下才认出志协,她喊了一声:"志协,是你呀!"

"是啊!"志协笑着打招呼,眼神很温柔地看着前女友,接着说,"最近好吗?要喝杯咖啡吗?我请你吧!"志协说了很多话,但说话的速度很适宜,所以一点也不让人厌烦。直到前女友说:"你现在变得可爱多了。"

听到这样的赞美,志协只是笑一笑,点点头。前女友说:"现在一定有女友吧!"

志协回答:"没有。"

前女友终于开口说:"那晚上回我那里一起吃饭,好不好?"

"不、不、不好。"

他没有女友,但有未婚妻。

实在是遗憾得不能再遗憾了。

志协和大芹明天就要去领证了。在告别前女友之后,志协去参加了一个同学聚会。换成以前的性格,他是很不喜欢那种人多又复杂的场合的。

在聚会上,志协听到了一个有趣的故事:一对留学生男女,女方主动问男孩:"你留学时住哪儿?"

"百老汇。"

"我也是！"

"哪条街？"

"八十七街。"

"我也是！"

"我住512号，你呢？"

"我也是！"

旁边人都崩溃了！一个老同学说："他那时看到美女都不敢抬头，溜着墙边走。"全场人都在笑。

志协也笑了。

那么，看见美女头都不敢抬的人，如今是怎么因为一问一答而恋爱的呢！志协决定回去一定要讲给大芹听。大芹也是留学生呢！等到志协回到家，他看到了一片狼藉的房间和无奈耸肩的大芹，还有前女友。但是，前女友在帮着大芹一起收拾。到底是怎么回事呢？

05

志协没有多问什么，他只是赶紧加入了收拾房间的队伍。三个人一起动手，房间很快就恢复得差不多了，只要清扫完碎玻璃、摆放好歪斜的一些物品，就算完成任务了。最后，志协紧紧地站在大芹身边，扶着大芹的胳膊，呵护备至。而前女友深深地凝望了他们一眼，跟他们说："再见，祝你们幸福。"然后离开了。

房间里，就剩下大芹和志协，大芹忽然"扑哧"笑了。

"笑什么？"

"我在笑我的未婚夫现在成了抢手货。"

"是吗？是她回来闹事吗？你做了些什么呢？"

大芹靠在躺椅上，说："我只是感谢她，感谢她教会一个男孩变得主

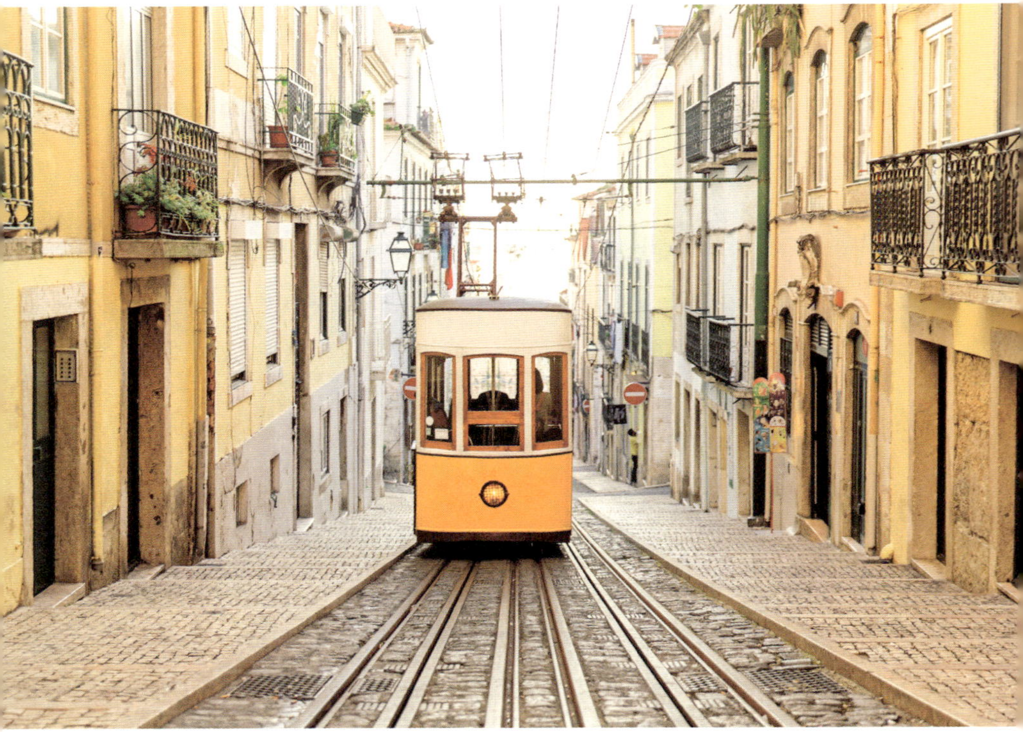

动。如果不是她的放弃，你也不会振作起来，进而尝试换一种人生风格。我感谢她认可了我的努力，因为我给了一个男孩足够长的时间，让他自己选择成长，长成让人想争抢的样子。"然后她愣了一下，冷静下来了。

大芹应该也经历过一团糟的生活，大家的成长过程都不容易呢！志协这样想着。他招呼大芹："我们一起做饭吧，我今天有一个很精彩的故事讲给你听。"

"每个故事都有一个启示，这个故事告诉我们，看见美女的时候不要躲，这样美女才能看见你。"

在志协讲这个小故事的时候，夜的灯光不断燃亮。亲密的恋人过着他们的生活，而孤单的人得学会独自走过最坏的时光，一段一段地走下去。

大芹和志协，真的走在一起了，两人相伴走过了最坏的时光。

相亲相爱始终是两个人的事。

追求者敲击门，爱恋者敞开门

01

姜杞甜觉得，冬天是失恋者的养伤期，这期间由范忠负责照料最好。

只是冬天还远，现在才立秋，中间还有很长一段时间。季节轮回，年年如此。姜杞甜的感情，也经历着有规律的变化。

鼻头发红，嘴唇也有些干裂。姜杞甜搓着手掌，又从衣柜里翻出换季衣物，围巾、手套、鞋子……半数还是她要求前男友给她买的。她记得，当时她说："我很怕冷，你提前帮我准备好吧！"

姜杞甜到底没办法和一个男人恋爱八个月。似乎每次和她在一起的男人，都会带着失望而去。

你说，他失望什么呢？

"我作为女友，难道还不优秀吗？厨艺精湛、细心体贴、善解人意，又懂温柔。为什么爱情总是不长命？"她幽幽叹息，似乎自己是天下最倒霉的女人，生来就是为了让"陈世美"辜负的。

其实并无多少伤痛，原因甚为简单，因为是她提的分手。

"天气冷了，是冻死的吧。"范忠总是语气淡淡的。

这话让姜杞甜想哭又想笑，失恋后来安慰她的人，照理说，没有甜言蜜语至少也要温和抚慰。可他偏偏冷嘲热讽。最重要的是，偏偏只有范忠来安慰她。"也许他说得对，我的爱情跟我的人一样——怕冷。"

这段感情死于秋凉。

02

"怕冷，那就换个地方待着吧！"姜杞甜对自己说。

空气寒冷，可以令一个女人老得更快。二十七岁的她在镜子里已经找出了自己的鱼尾纹。北京的气候，属温带半湿润大陆性季风气候，夏季高温多雨，冬季寒冷干燥。

应该离开北京，赶紧离开。不管是为了皮肤，还是为了爱情。

翻看《中国国家地理》，专家们都说，大连气候宜人，冬无严寒，夏无酷暑，具有海洋性特点的暖温带大陆性季风气候。大连甚好，就是它了。

乘坐南方航空公司的飞机，从北京首都国际机场出发，抵达大连周水子国际机场。姜杞甜第一个冲出机舱，第一时间踩到大连的地面。同时，范忠的短信也第一时间抵达姜杞甜的手机。

安定下来后，姜杞甜重新穿梭于街头巷尾。新的公司每周有一天假。姜杞甜一个人在一个陌生的城市里游荡。她相信，等找到一份新的爱情，她就能熟悉这座城市了。

只是夜晚难免孤单。失眠了，她就找范忠聊微信。

范忠那样一个精打细算的男人，节约电话费，从来就只愿意用微信奉陪她，绝不肯煲电话粥。她无可奈何，自然也不强求，现在他们只有友情，多余要求全属分外事。

姜杞甜说："幸亏悬崖勒马，没把你发展成情人。不然，咱们就是一对苦命夫妻了。"

03

姜杞甜与初恋情人周立树奏响完结曲,是在六年前的大三。同样是秋天,不过已经到了秋分,快接近冬天的时候。

不要和高自己一个年级的男生谈恋爱。因为,他毕业的时候说分手了,你却只能待在老地方,整整耗费一年的时间消化失恋。

范忠是周立树的哥们儿,比较铁的那种。

周立树已经到了柏林,据说,他把越洋电话打过来,是请范忠代为道歉。爱情终归败给了前程。

范忠陪姜杞甜一圈一圈地走,走到身后所有房间和楼栋的灯逐渐熄灭。啤酒真涩,像猫尿一样。姜杞甜使劲儿哭、使劲儿喝,然后使劲儿吐。多年后,市场上开始流行非常可口的果味啤酒,一般有菠萝味、荔枝味……只有一点酒味,喝很多也醉不了人。

范忠毕业后就留在了北京,姜杞甜找他,他肯定是随叫随到。姜杞甜说:"是谁陪我度过失恋的?他走了,那我爱你吧!"不能不承认,这个时候的姜杞甜是一个纯洁又漂亮的女孩,才二十一岁。

"我没兴趣当替补。"范忠摇头再摇头。姜杞甜就又哭了,抱着范忠的肩膀像抱着长城一样。那一刻,范忠出神了,孟姜女是不是也姓姜?

姜杞甜说:"我没办法再爱上别人了,连找个代替的都找不到。"小嘴鲜红,自己咬的;眼睛通红,用力哭的;鼻子发红,冬天冻的。这个样子,叫人怜爱。

"你要是把我当成周立树,对我进行打击报复,然后再甩掉,我是不是太无辜了?"范忠说。他又想了想,接着说:"你出来吧,我带你去体育馆打网球。眼泪流成汗,就好了。"

冬天过去,转眼春天,姜杞甜参加大学生运动会选拔赛,居然拿了一块初赛铜牌。比赛那天,范忠去看了。姜杞甜穿着白半袖、白短裙,头发束起，她的网球技术不好也不坏，但全然不见了失恋的踪影。她笑得和春天一样灿烂。

大部分人都曾发誓要让初恋刻骨铭心，可惜，刻骨铭心不是你想做就能做到的。多数人都没心没肺地忘在了脑后。

04

每次失恋，姜杞甜必定要找范忠寻求安抚。范忠说："早知道你是块狗皮膏药丢不掉，当时应该留给自己用，起码在身边，省了通信费。"

没有被"骚扰"的时候，范忠知道她又恋爱了。

姜杞甜遇到夏自立的时候，春天已过。大连的夏天会下很多雨。气象台说不出是反常，还是别的原因。光阴真匆忙，这已经是她的第四段恋爱了，而且都演变成了周期性爱情。夏自立的名字，和初恋情人有一个字相同。最重要的是，他名字里有个夏。

夏自立，是姜杞甜的邻居。她租的房子在6号楼1单元102室，与隔壁共用一个小花园。花园里种的是蔷薇，一种落叶灌木，在夏天开花。在看花时节，隔壁的男人问她："有打火机吗？"抽烟的男人，家里怎么会没有打火机，只是借口而已。

她看了这个男人一眼，就像一个九分钟的长镜头。看清楚他的动作、他的表情、他的衣着。然后她说："有，我拿给你。"

夏自立会来她家，她也会去夏自立家。一墙之隔，举步就到了。夏自立帮她收拾零乱的房间，将蔷薇插进玻璃瓶。他们一起喝红酒，他把先醉的姜杞甜扶上床后，关好门，就回自己家去。

公司业务旺季，姜杞甜要在外面见客户，一天跑下来，双腿酸疼得要命。夏自立就温柔地给她按摩小腿，还说："女人的小腿，其实是最性感的。"姜杞甜就想起了《重庆森林》，便笑了："你是不是专门背过电影台词呀！"

"台词不错，我很喜欢，所以不用背就记得了。"夏自立很自然地笑笑。

一切都做得经验老到。

这次恋爱，似乎透着圆满气息。姜杞甜打电话给范忠："祝贺你，你解脱了。估计以后我不会骚扰你了。"

范忠半天才回话："找到了真命天子？"

"是的！"

05

范忠一直很孤独，因为他一直没找女友，但他不说就没有人知道。他表情淡漠，让人误会他历尽沧桑。姜杞甜也从不问他交女友了吗？恋爱得怎么样？有没有失恋？她似乎算准了，他只是空白。

每一次姜杞甜失恋，他都很喜悦。他现在有些后悔，为什么要计较代替不代替的，这不过是一个说法。如果当时答应了，姜杞甜现在就成了他的女友。他是喜欢姜杞甜的。周立树也从来没有让他代为道歉和抚慰，是他自己跑去找姜杞甜的，因为找不到合适的理由，索性就编造了一个。

岁月证明，那是一个愚蠢的理由。

是他亲口拒绝了姜杞甜。这样固执的自尊变成了习惯，也就再也不想去打破了。那么，就只能一脸恬淡、一脸沉默地继续一个人生活。姜杞甜毕业的那年，他的全部心思都用来陪她了。姜杞甜给过他机会，既然做不成情人，那就只好做最好的朋友。

他与姜杞甜一样，不喜欢冷。他提前就开了暖气，满屋子暖洋洋的，被烘干的家具、衣物、食物，都冒着一种说不出来的香味。

最近，姜杞甜没有联系过他了。谁说爱上一个不回家的人，唯一的结局就是无止境地等？

06

大连靠海，海鲜无数。姜杞甜学着做红烧鱼、熘虾仁、葱爆海螺……不管做得好不好，夏自立都吃得一脸幸福。她退了房，走了十步，就把自己的物品安置到了新家——夏自立的家。

姜杞甜辞了全职。夏自立有钱，可以让她休息。不过她还是找了份兼职。夏天很短，又要开始冷了。闲时，姜杞甜会想念她交往过的男人。初恋太不幸，第二任活泼却没安全感，第三任沉稳却无趣。现在的夏自立，真的是一个好男人。姜杞甜会主动拥抱夏自立，听着对方的呼吸，然后温存。

她也想起了范忠，却下不了判断。似乎太熟，熟到想起来眉与眼睛、沉默与笑，就是一个活生生完整的人。缺点与优点，都是模糊的。

她也会想想未来，也许他们会生一个小孩。如果是女儿，那么，就陪着她拉小提琴，和她一起养护花园里的蔷薇。如果是儿子，一家人就去打网球，大汗淋漓之后，回家吃晚饭。

周末，姜杞甜做好饭菜时，夏自立接到一个电话，脸色难看地出去了。姜杞甜跟在后面，远远地看见，在小区门口，他和一个女人站在一起，动作纠缠着。

听见有东西破碎的声音，是什么？

是心吧。

07

冬天将至，餐厅里满是吃火锅的人。蔬菜、鱼类、肉类在锅中翻腾，食物的气味四处挥发。她只能在公司前同事的家里临时借住，她怎么好意思待很久呢。姜杞甜自嘲，怎么就忘记了，她是很难遇到好男人的。就算幸运地遇到了，大概率也是别的女人花无数心思打磨出来的。

姜杞甜开始想念一个人，一个始终不挪窝的男人。他在一个城市里从来没有换过住址，她可以方便、直接地找上门。

祸不单行。她裹好大衣去订飞机票。在回来的公交车上，发给范忠一条微信："我失恋了。"下车一摸口袋，手机已经被偷。她只能上网吧去候着了。

范忠最近发了一条朋友圈：如果不是有恃无恐，算定了手中攥着一张牢靠的底牌，怎么敢一再地失恋，从北京到大连。

这段话，可能是给她看的。也许他说得很对。

"我打算到你家过元旦，欢迎吗？"姜杞甜问。

"欢迎。"

出了网吧，姜杞甜回去收拾行李，次日跟同事致谢并道别。

在机场等待时，姜杞甜还是去打了个电话。

"你朋友圈那条动态是写给我的吧！"

"是的。"

"那我问一个问题，现在，我的底牌还在吗？"姜杞甜低着头，声音又细又轻。

范忠仍是语气淡淡地说："你明知故问。"

"长途电话费很贵的，等我回来。"姜杞甜挂了公用电话，准点登机。靠着椅背入了梦，梦中，她好像与范忠岁月渐老，而彼此的轮廓却越发清晰。

北京虽冷，但在开了暖气的房间里，有一个温暖的怀抱。

走远了，呼喊着未曾说出口的"谢谢"

01

罗生的父母是客家人，而他却生于广州。

认识他之前，我和深圳的男友分手快两年了，对方以留学为由，电话通知我分手。那时候在学生圈子里流传着这样一种说法，如果不爱了，想分手说不出口，那就用生病或者留学为由提出来吧。

那个人是真的出国了。刚离开的那几天，我甚至都不知道要如何去适应这天大的灾难，只能难过、哭泣。在这之前，我没心没肺，过得如鱼得水。为什么会在这里提及那个人呢？原因大概是我实在太爱他了吧。

那种山崩地裂、难以阻挡的爱意，连我自己回想起来都心有余悸。如果不是他现任女友闹得人尽皆知，我怎么会发现，其实他早在出国之前就有新女友了？

我已经多年不哭了，这个年纪还哭得稀里哗啦的多丑！但偏偏又是情感丰富的双鱼座，于是我吸溜着鼻子、挂着满脸的泪水给罗生打电话，告诉他我痛苦得要死了。

罗生在电话里说："没有爱情，你就会死吗？你还有朋友、还有家人、还有很多人，平静的小日子才适合有过经历的人。"

但是罗生啊，如果一段爱情永远平淡，那怎么能称之为爱呢？

02

罗生是画画的。

我找不到别的形容词来形容他，毕竟他穷得叮当响，也没出版过画集，自然称不上画家。他是带着世俗的未来艺术家，他没有邋遢的胡须，没有脏兮兮的衬衣。罗生喜欢把自己整理得干净、舒服。一张干净的脸上，不算翘的鼻梁上挂着金边眼镜。

我和罗生认识得很巧合。

没有门路的画手们会聚集在一个叫ZK的网站上发表作品，他们的作品如果得到更多人的关注，那么就会被推荐到网站首页。我在一家半月刊工作，时不时会找一些插图，付给作家稿费后上刊使用。为了节约成本，我们通常被要求找一些质量很好但是不太贵的画稿。

罗生的众多画稿之中，吸引我的是一张美人图。画中，美人仰躺在岸边，褐色长发散落在身体边缘，眼神妩媚妖娆。就这样，我通过网站上的电话联系了罗生。

他加我时，开门见山地说："我崇尚一切自然规律的画作方式，所以只接手绘稿。"

我在电脑前翻白眼，心想：你是没钱买画板吧。但是为了以最便宜的价格买到那幅画，我只能和颜悦色地陪他聊天解闷。据说每位有着潜在艺术心的人都是孤独的。

这样过去小半个月，我已经知道他的家庭状况和感情状态。他有一段不为人知的感情生活，是这段感情生活使他走上画画这条路，再也回不了头。他曾为那个女孩自杀过，两瓶安眠药下去，昏迷在自己家里。被救醒后，他睁开眼，看到自己的父母已经满眼泪水，他们从福州买了夜车票赶过来，为了这个不争气的儿子伤心难过。他拔掉输氧管的第二秒就在心里发誓：彻底忘掉那个人，开始自己的新生活。

罗生说："我爱一个人会很执着。其实现在回过头来看，才明白秋叶悄然归于平静的美。"

我发了一个惊恐冒汗的红脸表情，后面跟着四个字"文艺少年"。

03

2011年的国庆节前，我打算先去广州，然后转战深圳。

罗生来机场接我，他举着电话讲着粤式腔调的普通话。我对能讲粤语的人有着一种执拗的好感，源自我喜欢的那个人，他那一口好听的粤语，简直让我神魂颠倒。

我坐在行李箱上，远远就看到他踱来踱去地找我。那张脸，我看过无数次照片，所以印象深刻，就连焦急的神态也全不陌生。

在广州的一周，他是尽职的向导。

他带我去看"小蛮腰"，喝各种甜汤，吃一直想吃的肠粉。

一天下来，玩得嗨了、累了，他冷不丁地问我："是不是觉得世界上还有好多别的事情，只要不闷在屋里就不会想起他？"

我却问他："深圳和这里一样吗？"

罗生摇头："它们不一样的，深圳比较繁华、忙碌，比广州更热闹。"

罗生问我："你没去过深圳？"

我说："是啊，没去过。"我喜欢的人原来住在深圳，我却从来没去过。

夜里我们喝酒、吃夜宵。他背我回到酒店，一边伺候我，一边抱怨我和疯子一样。

罗生说我太傻，世界上的男人那么多，何必单恋一枝花。他拖着我去大学城，分享他观察学生的心得，他的原话大概是："多关注一些年轻人的状态，你就会觉得自己已有多么矫情了！"

可能是因为他骂我矫情，所以，我想起那段要死要活的日子，果然挺矫情的。然后没忍住,我蹲在寿司店门口号啕大哭。

罗生迫于尴尬,忍不住破口大骂:"你真的太作了!"

我反驳:"爱情不就应该是小鹿乱撞、火山爆发吗?不作算什么爱啊?"

最后,他不得不跟我详细地聊起他曾喜欢过的那个女孩。大学的时候,他身上有一股子清高劲儿,也有着不屈不挠的坚强,那姑娘拒绝他无数次,但他还是每天跟流氓似的守在她的宿舍下,抱着吉他唱情歌。后来,那姑娘失恋了,勉强允许他做了备胎。再后来……可想而知,他失恋了,自杀没成功,才成了现在这副没心没肺的德行。

听完这个故事我就笑了,不是嘲笑罗生的备胎生涯,而是感觉有一种被揭穿的感觉,他怎么知道我有让他做我的备胎的打算?

但仔细想来,还是让罗生当我的朋友吧。

04

罗生带我去了他住的小公寓,屋子小得只能够放下一张书桌、一个画架、一张床,空地上摆着一把古董吉他。

他大嗓门儿地吆喝着:"来来来,为了安抚伤心的、失恋的小姑娘,我给你唱首歌听,你想听什么?"

我点了梁静茹的《勇气》,很老的歌了,大学毕业的时候,我喜欢的那个人会唱给我听。

直到今天,我终于明白那个女孩为什么拒绝罗生了,他不知道自己的调子绕着地球都能跑三圈了,但他乐不思蜀,沉浸其中。

罗生有写日记的习惯,以至于我嘲笑他:"你是从土著星球来的吗?"

关于我的记录,大概就是他笔下的"那个女孩"。

罗生在日记中写道:认识了一个很可爱的女孩,她应该是很善良的,所以我要拯救她!

他在那一页纸上画了一个奇怪的超人。

那天晚上我们玩得很嗨，喝酒、唱歌、咆哮、絮絮叨叨地细数过去，以至于第二天我错过了去深圳的车。车票早就不知道被蹂躏成什么样了，压根儿看不清楚上面写了什么。

我们两个人傻兮兮地站在车站入口，怎么也不好意思说这是车票。

最后，罗生歪歪脑袋，问："你还想去深圳吗？"

"深圳，没有认识的人，没有那个人……你去了能做什么呢？"

可我没有回话，只是盯着车票哭。看，我又开始矫情了。这次罗生没有骂我，只是叹着气拍我的背，"你傻呀，你又没做错什么，你哭什么啊？"

是啊，人生没有过错，只有错过。我为什么还不忘掉他呢？

罗生决定叫来他在绘画圈子里的狐朋狗友。我问他为什么，他说："在外人面前，我看你还敢哭成这样不？"

我哑然，这两年，罗生是当之无愧的男闺密。

他的朋友嘲笑我们像老夫老妻似的，我们都没有反驳。因为我们光明正大，我们是朋友，很好的朋友。

离开广州的那天早上，他起了个大早，带我买了很多能在火车上打发时间的零食。赶去火车站的时候，他一手拉着我一手托着行李箱，在地铁通道里跑得满头大汗。我挣脱开他的手，没好气地说："打车吧。"

罗生并没有说话，他沉默地低着头。

我才意识到，这几天他带我到处游玩，身心已经累到极限了。可他只是个专职画手，并没有多富有。

我说："我可以自己付钱。"

罗生轻轻摇了摇头，拉着我快步上了地铁。这时，他才低下头，小声地说："对不起。"

我愣了一下，不知道他对不起我什么。

05

我和罗生还是朋友，只是联系少得可怜，我们都太忙了，我忙着开始交新朋友。而他，忙着赚钱，他说要存钱，以后结婚用。自从认识我以后，他才发现世上的女人都是虚荣又矫情的，当然，也是善良的。

半年后，罗生告诉我他成了签约画手，每个月有二十个单子要画。

那会儿，我正埋头打着字，最近我又开始写稿了，写那些不切实际、风花雪月的爱情故事，故事的结局一定都是完美的。我的故事里，每一个男主角都是那个人，每个男二号都是罗生。

我"哦"了一声，就没说话了。

2013年5月，听说罗生拿了一个设计大奖。得知这个消息的时候，我刚知道那个人要回国的消息，他护照丢了，趁劳动节回来补办。他想来成都见我一面，在他和女友分手的第二天。可是，我拒绝了。

罗生知道这件事的时候给我点了三十二个赞。

我想，我们果然是能赋予对方力量的闺密。我也不清楚，在别人的世界中是不是也有这么一个存在，虽然性别不同，关系却可以好到互相嫌弃，看尽彼此的丑态，丢尽脸也能一起上街，一起分享心事，不用常常联系，有困难永远在原地，不用说教，他的眼神、行为、态度就能改变你，纠正你颓废的思想。

罗生总说"我懒得说你"，可之后，他又会忍不住批评我的不是，虽然有时候觉得他婆婆妈妈的，但他总是对的。在人生路上，爱情不是全部，总要有一些无关风月但真心付出的感情存在。而经历过爱的人，是值得被爱与珍惜的，永远不要把自己放在一个狭小的世界里呼唤永远呼唤不来的妄想。

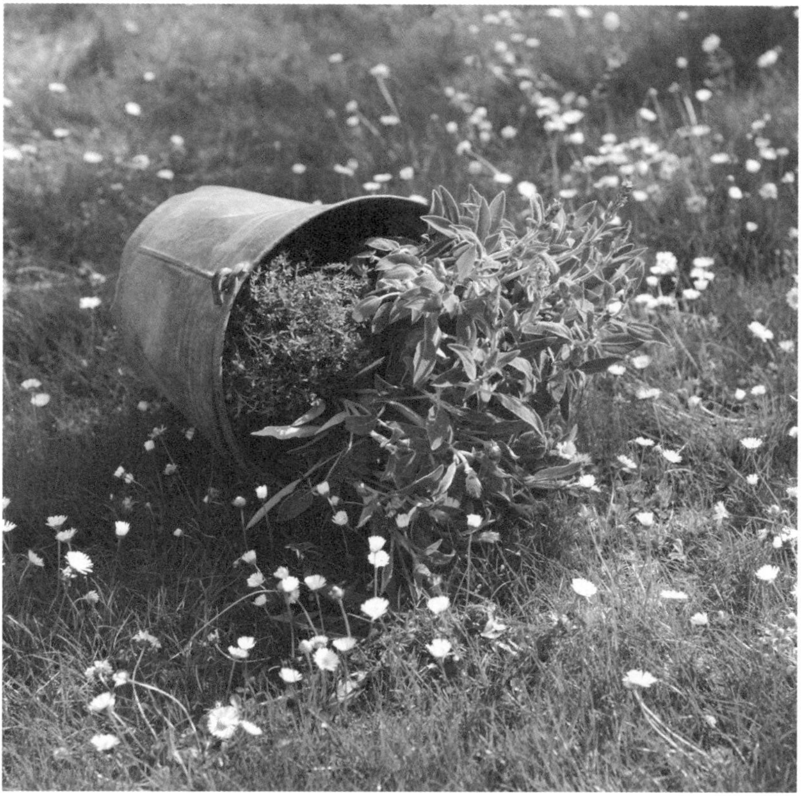

图书在版编目（CIP）数据

像飞鸟向往群山一样爱你 / 沈嘉柯，罗小莳著． -- 北京：北京时代华文书局，2021.1
ISBN 978-7-5699-4083-1

Ⅰ．①像…　Ⅱ．①沈…②罗…　Ⅲ．①故事－作品集－中国－当代　Ⅳ．① I247.81

中国版本图书馆CIP数据核字（2021）第028420号

像 飞 鸟 向 往 群 山 一 样 爱 你
Xiang Fei Niao Xiangwang Qunshan Yiyang Ai Ni

著　　者	沈嘉柯　罗小莳
出 版 人	陈　涛
特约策划	曾　丽
责任编辑	田晓辰
执行编辑	郭丽丽
责任校对	凤宝莲
装帧设计	程　慧　段文辉
责任印制	訾　敬

出版发行｜北京时代华文书局　http://www.bjsdsj.com.cn
　　　　　北京市东城区安定门外大街138号皇城国际大厦A座8楼
　　　　　邮编：100011　电话：010-64267120　64267397

印　　刷｜三河市嘉科万达彩色印刷有限公司　电话：0316-3156777
　　　　　（如发现印装质量问题，请与印刷厂联系调换）

开　　本	880mm×1230mm　1/32	印　张	7	字　数	187千字
版　　次	2021年4月第1版	印　次	2021年4月第1次印刷		
书　　号	ISBN 978-7-5699-4083-1				
定　　价	49.80元				

版权所有，侵权必究